JN147137

「なんか思ってたよりもおっきい……おにーちゃんのボッキって、すごいね……」
「ぐふふっ、だから言っただろう？　もっとよく見てもいいんだぞ」
「うん……えぇっと、ニオイは……くさっ!?」
一度はギョッとしたように身を引いた緒花だが、すぐにまた顔を寄せてくる。
「うえぇっ、なにこれー……ボッキしたダンセーキってこんなにクサいんだー!……」
（お、おお……これは、何と素晴らしい……）
「あはぁ……ご主人様、もう、ボッキしてるぅ……♪」
露出というだけでも興奮していたのに、そのうえ排尿までして完全にスイッチが入ってしまったようだ。思わず、このまま襲いかかりたくなってしまうが。
「まだだめだ。行くぞ」
「はい、わかりました……ご主人様に、ついていきますぅ……」

JuiCy妹★変態★パコりっくす
～目指せ！モテカワHなオンナノコ♪～
著 橘トラ
画 一河のあ
原作 アンモライト
ぷちぱら文庫

吾妹緒花 あがいもおはな
明るくて活発な妹。ちょっと単純でおつむが軽いところもあるけれど、そのバカかわいさがチャームポイント。
吾妹耕一郎
あがいもこういちろう
妹モノが好きなニートのエロゲーマー。ゲームのみならずリアル妹にも密かな欲望を抱いている。

「うむ……」
ダウンロード購入したエロゲをクリアした俺――吾妹耕一郎(あがいもこういちろう)――はヘッドホンを外し、メニュー画面を眺めしばしの達成感を味わう。
「……やはり妹ものはいい」
ロープライスの作品だけあって内容はあってないようなものだが、何せ絵がよかったからな。俺が持っている妹もののエロゲの中でも歴代トップ10、いや、クリア直後の達成感を差し引いたらトップ15くらいだろうか。それでもいいものであることは間違いない。
どのイベントも甲乙つけがたく、最初のオカズを選ぶのにかなり悩んでしまった。やっぱり最初にどんなイベントで抜くかは重要だからな。俺が選んだのは兄に調教された妹が淫乱肉便器と化し、快楽を求め無我夢中で腰を振るやつだ。
「じゃあ、まずはこいつで……」
回想モードを開きズボンを下ろした時、口の中がカラカラになっているのに気づいた。さすがに暖房をかけっぱなしにしていれば呼吸だけでも水分を奪われる。手元に置いてあった紅茶に手を伸ばすが、中身が空になった紙パックがカタンと倒れた。

「チッ、いいところで……」
やっぱり体調を万全にしないと始めることはできない。俺はオナニーには一回一回こだわるタイプだ。渋々ズボンを上げ、居間に飲み物を取りに行く。

ところが居間には既に先客がいた。
「んぐっ……んっ、んっ、んぐっ……んぐっ……」
そいつはコートを脱ぎもせず冷蔵庫を開けっぱなしにしたまま、豪快にペットボトルのジュースを煽っている。
「何だ、帰ってたのか……緒花」
思ったよりもエロゲに集中してしまっていたらしいが、そもそもニートの俺には時間の経過などあまり関係のないことだ。好きな時間に起きて好きな時間に寝る。好きな時間に飯を食って好きな時間にエロゲをやって——親父がうるさいこと以外は気楽なものだ。
「……っぷはぁ！　あ、おにーちゃんだ」
ようやく俺に気づいた緒花は口をぐいっと拭ってひと息つく。
こいつは俺の妹——緒花はまだ美人というほどの歳には達していないが、それでも幸運なことに死んだお袋似で、目鼻立ちの通った美少女と言っていい。親父似の俺とは大違いだ。髪もさらさらのつやつやで、小さなゴムで髪の一部をアップにしているのはやはり子供っぽいが、このくらいの歳の女の子ならまあこれくらいのものだろう。と、その時。

「……お兄ちゃん、またボッキしてるー
……キモいからやめてよね」
緒花が俺の股間をジトッと睨みつけていた。これくらいの歳の子なら男の勃起なんて見たらきゃーきゃー騒ぐものだろうが、緒花は昔から俺のこんな姿を見ているからこの程度の反応で済む。というよりもそもそも勃起が何かということをよくわかっていない。
「これくらい見慣れてるだろうが、今さらガタガタ言うな」
「見慣れてるかどうかは関係ないもん。またパパにゆーから……むぅっ？」
「やめろ。俺が怒られるだろうが」
ぷーっ、と口を尖らせて威嚇する緒花のほっぺたをむにっとつまんで黙らせる。
お袋を早くに亡くしたせいか親父は娘を溺愛していて、緒花のことになると何かと口うるさい。前に緒花が告げ口した時に大変なことになった前例があるのだ。
「……もぅ、ホントにやめてよねー。マジでキモいからっ」
「男なら誰でも自然とこうなるんだよ。緒花のクラスの男子もそうなんだぞ」
「ウソつき、おにーちゃん以外でそんなふうにしたまま歩いてる人なんて見たことないもん」
（チッ、小賢しいやつめ……）
「そうだ、喉が渇いてたんだ。ひと口くれよ」
これだからリアル妹ってやつは可愛くない。これは、少しばかりお仕置きが必要だな。
「えー、そんなコトしたらおにーちゃんと間接チューになっちゃうじゃん。ヤダ」
緒花は露骨に嫌な顔をしてペットボトルを隠すように背中を向ける。
「大丈夫、俺はペットボトルに口をつけずにちょうどひと口だけ飲むという特技があるんだ。見せてやろうか？」
「えっ、マジでっ⁉　なにそれ見たい見たいっ、ひと口だけならいーよ！」
途端に目を輝かせる緒花。直前まで嫌がっていたくせにひょい、とペットボトルを差し出してくる。
「……ありがとよっ！　んぐっ、んぐっ、んぐっ……！」
俺はそれを引ったくるなり口をつけて、一気に飲み干していく。
「って、あれっ⁉　ちょっと！　フツーに飲んでるしっ、なんで——」
「ぷはぁっ！　ふぅ、ごちそうさん」

緒花が状況を理解する前に一気に飲み干してやり、ひと息つく。次の瞬間。
「おにーちゃんのばかっ！　口つけないって言ったじゃんっ、それにひと口だけって言ったのに！」
ようやく状況を理解した緒花がぎゃーぎゃー騒ぎ出す。
「そんなもん嘘に決まってるだろ、もうちょっと俺を疑えよな」
コイツは昔から単純というか、何も考えずに行動する——つまり、おバカなのだ。
騙されやすいくせにおませで、俺みたいな兄に対する嫌悪感さえも生まれていない。だから俺の言うことにひょいひょい従って後で恥をかくことになる。それが面白くてついイジってしまう。
「おにーちゃんのばかっ！　デブっ！　ヘンタイっ！　ホーケイ！　もーいい！」
緒花はプンスカと肩を怒らせながら、どすどすとリビングの外へ向かう。
「おう、行け行け」
多分、包茎が何かということも知らないだろう。同級生が言っていた悪口を適当に言っているだけだ。
「ふんだ！　ホーケイで捕まっちゃえばいいんだ！」
それだけ言ってばたん、とドアを閉めて出て行った。やっぱり意味がわかってないな。
それにしても毎日毎日騒がしいやつだ。最近は少し垢抜けてきたと思ったが、ああいうところは昔から全然変わっていない。もちろん俺達の関係もだ。少しおバカな妹と、それをからかう兄。概(おおむ)ね普通の兄妹関係といえるだろう――ただし、表向きは、だが。
「よし、それじゃあ俺も部屋に戻るとするか……ぐふふっ」

早足で部屋まで戻ってきた俺はいそいそとPCへ向かい、専用のソフトを起動する。
モニタに映っているのは、壁ひとつを挟んだ向こうにある妹の部屋だ。緒花がベッドの上で制服を脱ごうとしていた。狙い通りのタイミングだ。
「うむ、よしよし」
カチカチとマウスを操作して、映像の録画を開始し、ヘッドホンを装着する。
『もー、ホンットおにーちゃんってサイテー……あのジュース、残りはおフロのあとで飲むつもりだったのにー……』
「ふん、最低で悪かったな……ぐふふっ」
俺がこうして妹の盗撮を始めたのはもう数年も前、妹が普段からどれだけおバカなのか見てみたいという好奇心で始めたが、その目的も次第に変わっていって――。
『よっ、ほっ……あれ、ホックがっ……外れない……よっ、とりゃっ』
画面の中の緒花はしばらく身体をねじったり腰を振ったりしてスカートと格闘していたが、やがてするっ、とスカートが脱げる。
『ふー、やっと脱げたー……ホックこわれてるのかなー』
「よぉし、いいぞぉ……はぁ、はぁ」

さっそくズボンをずり下ろし、肉棒をしごき始める——これが俺が隠している一面だ。
俺はもう何年も前から、こうして緒花をオカズにしている。
何せコイツはバカで生意気なやつだが、小さな頃から顔だけは美少女だからな。
パンチラ見放題、洗濯機にある使用済みパンツも取り放題となれば、手軽なオカズとして見るのも当たり前だろう。そして、当時の俺は我慢をしなかった。その手軽さにハマった俺はそれからというもの緒花をネタにオナニーし続け、今に至るというわけだ。
『寒いからはやくタイツ穿こっと……あれ、どこいった？』
きょろきょろとベッドの周りを見回す緒花。
今見ているこのクマパンツだって何度使ってやったことか。私服などはそれなりにマセてきた緒花だが、まだ下着までは頭が回らないようでガキ臭さが残っている。
だが、それがいいのだ。小ぶりながらほどよく肉のついてきた尻とガキ臭いパンツという組み合わせは、まだ大人になりきれていない発展途上の少女といった魅力がある。
「ぐふふ、堪らんなぁ……はぁ、はぁ」
できることなら、この下にあるものを見てみたいものなんだが。そのもどかしさが自分のモノをしごく俺の手の動きを加速させる。と。
『あ、タイツ見っけー。んー、でもその前に……』
緒花がパンツに手をかけ——何の躊躇もなくパンツをずり下ろした。可愛らしいクマさんパンツが大きく下がり、隠していた部分——俺が見たかった場所——が露わになった。

「お、お、おおぉっ……⁉」
思わずディスプレイに鼻がぶつかるほど顔を近づける。
それはまさしく、毛の１本も生えていないツルツルの割れ目。幼少の頃に無理矢理一緒にお風呂に入ったりした時でも見たことのない、緒花のアソコだった。しかも。
小さなワレメどころか淡い色のアヌスまで丸見えで、俺の情欲をギンギンに猛らせてくれる。これだけ小さいのだから、キツさや狭さもすごいのだろう。それを想像した途端。
「くううっ……！　いくぞっ……！」
まだ遠かったはずの射精感があっという間に近づいてくる。膨れ上がった欲望をどうしようかと思っていた時——。
『うっ……わー、やっぱりベトベトぉ

『……なんか最近オリモノ多いなぁー……』

その言葉を聞いた瞬間、俺は思わず椅子から立ち上がり、そのまま——。

——ビュクッ、ビュルルルッ！

「くぅっ……はぁ、はぁ………」

やってしまった。

液晶画面にべっとりと付着したザーメンが、緒花の小さな尻の上をドロォリと流れていく。『オリモノ』という言葉を聞いただけでスイッチが入ってしまい無意識のうちに、緒花のワレメに向けて思いっきり射精してしまった。

いつもなら絶対にこんなことはしないのに。でも、俺の精液で汚れたその様は、まるで本当に緒花にハメてやったかのようで。

「はぁ、はぁ……た、堪らん……」

俺はいつもより異常に興奮しているのを感じていた。

『そだ、新しいのにはナプキンつけよーっと……んしょっ、あとはタイツもーっと……んしょ、んしょっと……』

画面の中の緒花は俺の興奮など知りもせずに着替えを進めていく。

ヘッドホンから聞こえる緒花の生活音をぼんやりと聞きながら、いつもなら射精とともに消えうせる俺の欲望が今日はさらに膨れ上がるのを感じていた。

「やっぱり……直接、触りたいよな……」

その日の夜――。
「どうだ緒花、今日の肉は美味いだろ？　高かったんだぞぉ」
「うんっ、チョーおいしー♪　パパ、おかわりしていい？」
「もちろんだとも！　さっ、まだあるからたくさん食べなさい」
夜、親父も帰ってきて家族三人揃ったところで夕飯中。無邪気な緒花と、いつも通りに緒花にデレデレしている親父。そんな中、普段と違うのは俺だけだった。
「……ごちそうさま」
「どうした？　いつもはもっと食べるのに」
「べつに、もう要らないだけだよ」
「じゃあ、わたしがおにーちゃんのぶん食べていいのっ？」
緒花が目を輝かせて俺の皿に手を伸ばそうとしている。この歳ならもっと体型とかダイエットとか気にするんだろうけど、その気配は一切ない。
「ああ、好きにしろ」
緒花から顔を逸らし、立ち上がる。

「やったー！　いただきまーす！」
緒花の嬉しそうな声を聞きながら、怪しまれない程度に早足でリビングを後にした。
「チッ、このままじゃまずいな……」
部屋に戻ってきたところで、自分自身に悪態をつく。
食事中だというのに、緒花をジロジロと見てしまっていた。椅子から立ち上がる時に一瞬脚を開いたり、冷蔵庫を開けている時の後ろ姿、どうしても目がいってしまう。
理由はもちろん、夕方の盗撮映像だ。あの割れ目が頭から離れず、緒花の一挙手一投足に意識を奪われていた。正直、今もムラムラしっぱなしだ。
「やっぱり抜いとくか……」
一発抜いてすっきりしておかないと、緒花の身体を視線だけで犯してしまいそうだ。少しいい抜き方を考えたのでいそいそとPCにスマホをつなげ作業を始める。そして――。
「……おおっ、思ったより悪くないぞ」
スマホの液晶画面いっぱいに、緒花の可愛らしい割れ目が浮かび上がる。動画からスクショを撮ってスマホの待受画面にしてみたが。
「ぐふふっ、我ながらいいアイデアじゃないか……」
これで、好きな時に緒花の割れ目をオカズにできるし、性欲を解消していれば夕食の時のようにじろじろ見てしまうこともなくなるだろう。しかし人の欲とは凄まじいもので。

「やっぱり触ってみたいな……」
　見るだけでは満足できない。正直、実物が欲しい。とはいえ兄妹である以上、寝込みを襲ったりするわけにもいかず。それこそエロゲ的な展開が現実でも起こってくれれば、ヤリたい放題できるんだが。
「まぁ、無理なものは無理だしな……とりあえず一発、と……」
　ひと仕事始めようとティッシュを探していた時。
「たのもー！」
　着ぐるみのようなパジャマ姿の緒花がノックもせずに入ってくる。
「うおっ⁉」
　突然のことに驚きながらも、慌ててスマホをスリープ状態にして放り出す。
「お、おいっ！　入る時はノックしろって言っただろ！」
　今まで何度もオナニーの邪魔をされてるし口を酸っぱくして言い聞かせてあったのに。
「おにーちゃんっ、わたし小悪魔ガールになりたいっ！」
　しかし緒花は俺の話も聞かず、どかどかと近寄ってくる。こいつ、何かしたいことがあると行動と脳味噌が直結するからな。
「これ読んでっ！　これっ！　ほらこれっ、ここっ！」
「わ、わかった、読むから落ち着けっ……何なんだよ、一体……」
　突然のことに戸惑いながらも、押しつけられた雑誌に目を通していく。

開かれたページには、緒花が憧れている姉崎ミカとかいうアイドルがポーズを決めている。そしてその横には、デカデカと表題が書かれていて――。

「イマドキのモテカワ女子は小悪魔ガールぅ？　何だ、この頭の悪いタイトルは……」

「見たっ？　これこれっ、ヤバくないっ？　ミカちゃん、チョーヤバイよねっ！」

「そんなに早く読めるか、チョーヤバイのはわかったから落ち着けっ」

妙にテンションの高い緒花をなだめ、先を読み進める。

要約すると、小悪魔ガールとやらは男を手玉に取りリードできるような女のことらしい。

そしてモテカワ小悪魔ガールになるには、エッチの知識が必要不可欠なんだとか。

ご丁寧にも、アイドル本人からの『わたしみたいにエッチなコトをいっぱいベンキョーして、まだ見ぬ王子サマをトリコにする準備をしよー☆』という直筆メッセージつきだ。

要は、若いうちから正しい性知識を学んでおこうというコーナーといったところか。

「もー！　おにーちゃん、まだーっ？」

「うるさいな、読み終わったぞ。それで、小悪魔ガールになりたいだって？」

「うんっ！　だって、そしたらミカちゃんみたいになれるんだよっ？」

「あのなぁ……」

つまりコイツはまた単純バカを発揮したわけだ。

性教育的なコーナーであることは読み取れず、この記事を毎回しっかり読んでいけば憧れのアイドルみたいになれるという煽りをそのまま鵜呑みにしたわけだ。

ちなみにこの姉崎ミカとかいうアイドルは、スタイル抜群で切れ長の瞳が特徴的な、まさに大人っぽくてエロかっこいい系ギャルといった容姿だ——あまりタイプじゃない。
それにしても、緒花が大人っぽくてエロかっこいい系になるのは無理だろう。身体の発達よりも頭の発達を考えた方がいい気がするんだが。俺がそんなことを考えていると。
「それでね、おにーちゃんにお願いがあるんだけどっ」
「はぁ？　何だよ？」
もう面倒臭くなって——早くオナニーに取りかかりたいのだ——適当に返事をすると、緒花がギュッと俺の手を握ってきた。思わずどきっとしてしまう。
「あのね、ダンセーキ見せてっ？　あとボッキとシャセーっ」
「…………はぁっ？」
一瞬、何を言われたかわからずポカンとしてしまう。
そんな俺に構わず、緒花はキラキラとした笑顔で言葉を続ける。
「だって、エッチなコトってそーゆーのなんでしょっ？　保健のセンセーが言ってたっ」
ようやくダンセーキは男性器、ボッキとシャセーが勃起と射精だと変換できたが。
「いや、だからってどうして俺なんだ」
「だっておにーちゃんいっつもボッキしてるじゃんっ。そーゆーの得意なんでしょっ？」
「おいおい……」
コイツ、自分が何を言ってるのかわかってるんだろうか——いや、わかってないんだろうな。もう緒花の頭の中は、一刻も早く憧れのアイドルみたいなモテカワ小悪魔ガールになることでいっぱいなんだろう。
　相変わらず、頭が心配になるほどの単純思考だが、しかし俺の頭はそれとは別のことを考えていた。これはまたとないエロゲ展開じゃないのか？　上手くやれば――。
「……いいだろう。見せてやってもいいぞ」
「やたっ！　じゃー見せてっ、はやくはやくっ」
「よし、まずはそこに座れ」
「はーいっ」
　床を指差すと、すぐさま緒花がしゃがみ込む。犬みたいに従順だ。
　そして俺は椅子ごとその正面に移動し、ゆっくりとズボンを下ろした。一瞬の沈黙の後。
「おおおーっ、これがダンセーキっ……！」
　緒花が感嘆の声を上げる。
「本物を見るのは初めてか？」
「うん、教科書に絵はあったけど……わぁー、こーなってるんだー……」
　椅子に座った俺のすぐ前、わざわざ正座した緒花が警戒もせずに顔を近づけてくる。その瞳は好奇心でキラキラと輝いており、まさしく興味津々といった様子だ。
「どうだ、初めて見た感想は？」
「なんてゆーか、思ったよりちっちゃいっ」

「ぐっ……ふ、普段はこんなものなんだよ。授業でやっただろ？」
「あ、そっか。これがボッキしておっきくなるんだっけ？」
「そうだぞ、それはもう大きくなるんだ。大きくなっ！」
緒花の無邪気な言葉が心に突き刺さる。俺も必死だった。ここで『まあこんなもんだ』とは兄の面子にかけても口にできない。
「見たい見たい！　おにーちゃん、ボッキさせて？　ボッキ！」
「ちょ、ちょっと待て。声がでかい。親父に聞かれたら怒られるのは俺なんだからな」
尻の穴にグッと力を入れて、股間に血を送り込もうとする。しかしこんな時に限って愚息は少し動く程度で、いつものように膨張しようとはしてくれなかった。
俺としたことが、いざ緒花に股間を見せていると思うとここまで緊張するなんて。
「うー、なんかドキドキしてきたかもっ……おにーちゃん、まだっ？」
「も、もう少し待てっ」
焦りばかりが膨らんで、勃起の兆候さえまだない。
まずい、このままじゃ勃起できないまま緒花が飽きて終了、なんて情けないことになりかねんぞ。兄である俺が妹に誇れることといえばエロいことくらいしかないのに。
せめて何か、オカズになるようなものがあれば――。
「そうだっ……緒花。ちょっとお前のパンツ貸せ……早くっ！」
「ええっ？　な、なんで……？」

「いいから、勃起するのに必要なんだよ」
緒花の使用済みパンツさえあれば、きっと一発で勃起できる。昔は頻繁に使っていたが、洗濯当番が緒花に替わってからは一度も堪能できてないからな。しかし。
「うー……でも、それはそのー……あううぅー……」
緒花にしては珍しく、困ったようにモゴモゴと口を動かす。こいつでも恥じらいはあるのかとちょっと驚いたが今はそんなことを言っていられない。
「ほら急げ、間に合わなくなるぞっ。見たいんだろ？　勃起」
「もー……わ、かったよぉ……しょーがないなー、ちょっと待ってて……」
納得できない様子だが、それでもワンピースタイプのパジャマの裾に手を突っ込む緒花。もじもじと腰を揺らしたかと思うと、するっと小さな布切れを抜き取った。そして。
「は、はい……でも、あんまり見ないでね……？　絶対だよ？」
そっと、脱ぎたてのソレを差し出してきた。
「どれどれ……お、おおおっ!?　こ、これは……」
俺は思わず緒花のパンツに顔を近づける。
「も、もうっ……あんまり見ないでってばぁっ……」
緒花にしては珍しく消え入るような声で文句を言ってくるが、当然スルーだ。むしろ反応する余裕もなく、脱ぎたての小さなパンツに目を奪われてしまっていた。
まだ温かいパンツの中央に、カサカサ擦れる生理用ナプキンが鎮座している。そしてそここには、半透明の白みがかった粘液がベットリと付着していて。まさかこれは緒花のアソコから出てきたオリモノなのか。

「ごくっ……」

恐る恐る、白濁色のソレに顔を近づけていく。

「お、おにーちゃんっ……!?　なにしてるのーっ？」

「いいから、黙って見てろっ……くんくん」

鼻先が触れそうな近さで嗅ぐたびに、甘酸っぱい発酵乳製品のような匂いが通り抜けていく。何というか、意外と美味そうな香りだ。

妹のオリモノの匂いを嗅いでいると、先ほどまであった緊張などすっかり消えていた。代わりに、抑えつけられていた興奮がどんどん大きくなっていき、そして俺の股間は脈動に合わせて膨らみ、反り返り始めた。

「えぇえっ……!?　お、おにーちゃんっ、なんかいきなりおっきくなったんだケドっ」

「お、おお！　よし、これが勃起だっ」

そして俺の下半身はあっという間にぎちぎちに張り詰めた。

「こ、これがボッキなんだーっ……うわぁ、うわぁ……」

緒花は好奇心丸出しで右から左から、いろいろな角度から俺の怒張を観察し始める。

「どうだ、凄いだろう？　これが勃起だぞ」

妹がこんなふうに反応してくれて俺も兄として誇らしい。

「うん、なんか思ってたよりもおっきい……おにーちゃんのボッキって、すごいね……」
「ぐふふっ、だから言っただろう？　もっとよく見てもいいんだぞ」
「う、うん……ええっと、ニオイは……くさっ⁉」
一度はギョッとしたように身を引いた緒花だが、すぐにまた顔を寄せてくる。
「うええっ、なにこれー……ボッキしたダンセーキってこんなにクサいんだー……」
（お、おお……これは、何と素晴らしい……）
妹が俺の股間の匂いを嗅いでいる、その光景に目を奪われてしまう。ちなみに匂いがきついのは当然で、昨日から風呂に入っていなかったりする。
そんな怒張からプーンと出ている極小の臭素達が、緒花の鼻腔を通って肺へ行き、そのまま血中に溶け込んでいるのかと思うと最高に興奮してきた。
「はぁ、はぁ……よぉし、そろそろ触ってみろ」
「えっ？　さ、触るのっ？　えっ、コレにっ？」
「当たり前だ、男性器は触らないと射精できないぞ。射精、見たいんだろ？」
「う、うん……それじゃ、ちょっとだけ……」
こうなってしまうといつものちょろい緒花だ。さすがに躊躇はあるようだが、好奇心には勝てなかったようで、そろそろと手を伸ばしてきて――。
「ぉ、ぉおうっ……⁉」
緒花の温かく柔らかな手が触れただけで思わず声が漏れてしまった。

「うわぁ、なんか熱くてカタいっ……こ、こんなふうになってるんだっ……？　先っぽは……あれ、こっちは思ったより柔らかい……なんかグミみたいかもっ……」

「くっ……あ、ああ、よくそう言われるな」

ゾクッとした感覚に狼狽えそうになったが、どうにか持ち直す。ちょっと触られただけで、自分でも予想以上の快感だった。考えてみれば、誰かにモノを触られるのなんて学生時代に風俗通いをしていた頃以来だ。

「ひゃんっ……な、なんかビクビクしてるっ……なにこれ、チョーキモいんだケドー……」

「うぁっ、ぁっ、キ、キモいとか言いつつ楽しそうじゃないか」

「うん、なんか慣れてくるとキモカワイイかも……えいっ」

緒花がさらに大胆に俺のモノをぎゅっ、と握り締める。

「ふおうっ⁉」

「うわぁっ、チョー動いてるー……おにーちゃん、もしかしてこれってきもちいーってことなの……？」

「あ、ああ、そうだぞ」

「へー、ギュッてするだけでもきもちいいんだー……えいっ、えいっ……おーっ、なんかコレ面白いかもーっ……！　えいっ、えいえいっ……」

触る前の躊躇はどこへやら、好奇心で目をキラキラさせながら肉棒をにぎにぎと強弱をつけて握ってくる。肉棒がいい反応を見せるものだから、楽しくなってきたみたいだ。

しかし、あくまで握るだけ。確かに気持ちいいがこれだけでは物足らなくて、焦れた下半身がムズムズと疼いてきてしまう。
「お、緒花……握るだけじゃなくて擦ってくれるか……射精しやすくなるんだ」
「あ、そっか……えっと、こんな感じかな……んしょっ、んしょっ……！」
下手くそながら、緒花が上下にごしごしとしごき出す。
「くぅっ……いいぞ、そんな感じだ」
やはり自分の手と違って力加減も動きも拙いことこのうえないが、しかしそれが一生懸命な感じがしていい。これがエロゲで定番『妹・初めての手コキ』の感触なのか。何度もお世話になってきたその行為を現実で体験できるなんて、夢みたいだ。
「んしょっ、んしょっ……こーしてれば、シャセーするんだよね……んしょっ……はやく見てみたいかもっ……」
「ああ、すぐに見せてやれそうだぞ……くぅっ」
言われるまでもなく、早くも射精感が近づいてきている。しかし、拙い動き故(ゆえ)に一定のラインを越えられる感じがしない。何というか、焦らされているような感覚だ。
「緒花、もっと擦るスピードを上げるんだ。手首を使って……こう、クイクイッと」
「えっと、こんな感じ……？　よっ、ほっ、とりゃっ……！　えいっ、どうだっ！」
「お、おおっ……！　いいぞっ……くううっ！」
早くもコツを掴んだのか、緒花のペースが上がっていく。手首のスナップを効かせた速くて大きな動きで、ガチガチの肉棒をしごきまくってくる。
「うわっ！　なんか先っぽから出てきたーっ！　おにーちゃん、これなにっ？」
「射精が近い目印みたいなものだっ……くうっ」
「そーなのっ？　それじゃ、もーすぐ射精するんだっ？　よーしっ、じゃあもっとしちゃおっとっ……えいっ、えいえいえいえいっ」
「おおっ、それヤバっ……はぁっ、あああっ……！」
溢れた先走り汁のお陰で滑りがよくなり、さらに緒花のペースが上がる。俺の粘液で手がヌルヌルになるのも気にならないほどに夢中になっているようだ。
ゾクゾクとした快感が全身にまで広がり、頭の芯がジンジンと痺れ出す。本格的に、射精の欲求が高まってきた。
「はぁっ、はぁっ……！　いくぞ、緒花っ……！　射精、見せてやるからなっ……！」
「うんっ、おにーちゃんのシャセーっ、見せてっ？」
期待に満ちた緒花の顔、無遠慮な手の動きに、腰奥に広がる熱い痺れはさらに大きくなっていく。陰嚢がヒクつくような感覚に、亀頭が最後の準備を始めた。
「なんか先っぽがプクーッてしてきたかもっ、おにーちゃん、これって出そうなのっ？」
「ああっ、もう出るぞっ……！　顔を近づけろっ……！」
「顔？　えーっと、こんな感じっ？」
俺の言葉を疑うことなく、緒花が顔を近づけてきた。

兄である俺とは似ても似つかない、その整った顔立ちに向けて、俺は――。
「くうぅぅっ！　出すぞっ！」
ビュクッ、ビュルルッ、ビュルルルルッ……！
「わっ？　なんか出てきたっ……!?　ひゃんっ、なにっ、なになにっ……!?」
「これが、射精だっ……！　くううっ……！」
初めて見る射精に驚いている緒花の顔に向けて、思いきり精液をぶちまけていく。
「うわぁっ、なんかぁあったかくて片栗粉みたいっ！　すごっ、まだ出てるっ……！」
「ああっ、まだ出るぞぉっ……！」
緒花の顔に少しでも大量の精液をぶっかけてやろうと、腰に力を込めて射精を促す。無防備な顔を汚していく快楽も手伝い、それはもうたっぷりと、緒花に顔射してやった。

やがて射精の勢いも弱まっていき——。

「おおー、チョーいっぱい……えーっと、これがセーエキなんだよね？」

「はぁ、はぁ……ああ、そうだぞ。どうだ？　初めて見る精液は」

「んー……くんくん……おお、なんかヘンなニオイがするー……」

肉棒の先端からドロリと垂れる精液の感触に、緒花がキョトンとした表情を浮かべている。何というか、純粋な好奇心といった様子だ。これまでの人生で俺が女どもから向けられてきたような、嫌悪や拒絶などまったく見当たらない。

ここまでされて、嫌がる素振りすら見せないとは——もしかして、コイツにはもっと凄いことをしても文句を言わないんじゃないか。

（……ごくっ）

邪(よこしま)な考えが俺の頭の中でぐるぐると渦巻く。

「んふふー、これでわたしも小悪魔ガールになれたかなっ？」

付着したザーメンを拭き終えた緒花が、期待に満ちた目を向けてくる。やはり、そこに嫌悪感のようなものはない。これは、上手く口車に乗せていけば——。

「小悪魔？　いいや、まだだな」

俺がふふん、と鼻で笑うと。
「えーっ、なんでっ？　ちゃんとダンセーキをシャセーさせたじゃーんっ」
やはり緒花は俺の挑発に乗り、きーきー騒ぎ出す。いつもはこの流れだからな。
「その前に一番大事なことが残ってる。お前、まだ処女か？」
「……は、はぁっ？　そ、そんなのカンケーないじゃんっ」
一瞬の間の後、カァッと、緒花の顔が赤くなる。どうやら、いくらおバカでもそういった知識と羞恥心は持っているようだ。それなら話が早い。
「いいか？　緒花。小悪魔ガールってのは処女じゃなれないぞ。セックスを何度もする必要があるんだよ」
「え、ええっ⁉　そーだったのっ？」
衝撃の事実だったのか緒花が素っ頓狂な声を上げる。
「ああ。そこで質問なんだが……お前、彼氏というか処女をもらってくれるような相手は……セックスをしてくれる相手はいるのか？」
「うぅー……そーゆーのキョーミなかったから、いない……」
しゅん、と落ち込む緒花。その目には落胆の色がありありと浮かんでいて、相変わらず俺の言葉を疑ってもいないようだ。これならもっといけそうだ。
「いいか、世の男にとっては処女なんて面倒臭いだけなんだ。だからよっぽど相思相愛の彼氏か、遊びまくってる男でも知り合いにいないと初セックスを経験するのは難しい」

「うん……」
「つまり……小悪魔にはなれないっ」
とどめの一言に、緒花の目にじわっ、と涙が浮かぶ。
「おにーちゃぁん、どうしよぉぉー……」
その声は震えていて、俺にすがるような目を向けてくる。俺にはそこまで小悪魔ガールとやらになりたがる意味がわからないんだが。しかし切り出すには絶好のタイミングだ。
「……仕方ないな、こうなったら最後の手段だ」
俺は渋々といった感じで切り出す。いつも緒花に嫌々勉強を教えてやる時の感じで。
「俺がお前の処女、もらってやってもいいぞ」
いかにも億劫そうな感じを出すが心臓はばくばく鳴っている。下手したら親父に言いつけられるからな。
「セックスも教えてやろうか？　面倒だけどな」
「……え？　おにーちゃんと？」
よっぽど予想外だったのか、緒花は何も言わずにポカンとしたまま固まっていた――いくらおバカの緒花でも、さすがにこんな釣り針には食いついてこないか。
「な、なんちゃって冗談――」
しくじってしまったからには誤魔化すしかない。慌ててフォローしようとした時。
「マジでっ？　いいのっ⁉」

　緒花が目を輝かせて詰め寄ってくる。
「よかったー、もう小悪魔ガールになれないかと思ったー！　そっかそーだよね、おにーちゃんがいるじゃんっ！」
「お、おう。つまり、そういうことだ……」
　少しは迷うかと思っていたんだが。意外すぎるノリノリっぷりにむしろこっちが狼狽えてしまう。というより、こいつは本当に意味がわかっているんだろうか。
「ほ、本当にいいんだな？　俺はお前の兄なわけだが」
「だって、家族とならエッチしてもいーんだよね？　知らない人とエッチしちゃいけません、ちゃんと家族になってからにしましょーって保健のセンセーが言ってたよ？」
　なるほど、授業でそういう話をされてまた言葉通りに受け取っているわけか。
　エッチなことは夫婦になってから、という意味だったはずの言葉を『家族ならエッチしていい』と理解したと。何て美味しすぎる展開なんだ。
「た、確かに……その通りだな。何の問題もない！」
「でしょでしょっ？　それじゃ、エッチしよっ！」
「い、いやちょっと待て。少し落ち着け」
　早くもおっ始めようとずずいっ、と詰め寄ってくる緒花を、どうどうとなだめる。
「えーっ、なんでぇー？　エッチしようよー！」
　俺だってびびっているわけじゃない。ただ、今日は都合が悪い。

初めての時は痛いらしいし、それなりに声も出るはずだ。万が一にでも親父が目を覚まして様子を見にきたら、それはもう大事になってしまう。
「エッチには準備があるんだ、明日にするぞ」
俺だってすぐにでも緒花をいただいてしまいたいが、やはり下ごしらえは大事だからな。幸い、緒花はもう完全に俺のペースに乗っている。ひと晩くらい焦ることはない。
「あ、そっか！　コンドーム？　だっけ？　そーゆーのも買わなきゃなんだよね」
「あ、ああ、そうだな。そういう準備が必要なんだ」
俺は内心舌打ちをしていた。おバカな癖に避妊については知っていたらしい。そのあたりは授業できっちりと教えられたのだろう。確かに何も教えなければこれくらいの子は避妊もしないで犬猫みたいにぱこぱこやりまくるだろうしな。
「そういうわけで明日だ。ただし絶対に誰にも言わないこと。これを約束しろ」
「えー、言っちゃダメなの？　パパにも？　トモダチにも？」
「親父なんて論外だ。学校でも家でも外でも絶対に誰にも言うな。それを守れないなら俺はお前に協力しない」
緒花は幼い頭脳で何事か考えていたようだが、やがて小さく溜息をついた。
「んー……まーいっか、言わないよーにするー……」
「よろしい。じゃあ今日のところは解散だ。明日に備えて心の準備でもしてろ」
「はーい……」

ちょっと不満そうなまま、緒花は部屋を出て行ったが、あいつ、本当にわかってるんだろうか。何か嫌な予感がする。明日は緒花が家を出るまでは起きていよう。

そして翌朝――。

「……おはよう」
「お？　なんだ、朝から起きてくるなんて珍しいな」
普段よりかなり早めに起きてリビングに顔を出すと、スーツ姿の親父がいた。朝メシも済ませているようで、まさにもう家を出るといったところのようだ。
俺はというと、ちゃんと寝ないで朝を迎えていた。どうせいつも寝るのは明るくなってからだしな。そんなにきつくもない。そして緒花は、まだいない。
「普段からこれくらいの時間に起きたらどうだ？　朝起きられないと就職できないぞ」
「またその話かよ。聞き飽きたって」
「何度でも言わないと忘れるだろ」
「はいはい、わかりましたよ……」
緒花がいない時の俺と親父の会話は大抵決まっている。はっきり言って、少しウザい。
家が貧乏なら長男の俺が働かないと困るだろうが、親父は同年代よりも稼いでいるはずだ。そして俺は大学時代にＦＸでドカンと一発当てているから、世間一般のニートと違ってそれなりに金がある。

その頃に風俗通いでかなり散財はしたものの、まだ自分の買い物に困らないくらいは残っている。せっかくの実家暮らしということで生活費は入れてないが、逆にそれ以外では一切迷惑をかけていないんだからグチグチ言われたくはない。
「言われなくても、俺だってやる気になったら仕事くらい探すからほっといてくれ」
「いつになったらやる気が出るんだよお前は……はぁ」
親父が、諦めたように溜息をこぼした時。
「おはよー……」
制服姿の緒花が目を擦りながら居間に入ってくる。が、俺の姿を認めるなりきょとんと見つめ返してくる。
「あれ、おにーちゃん、もう起きたの？　なんで？」
「今寝るところだ……ふぁぁ」
緒花が約束を守れるところを確認して早く寝よう。とりあえずさっさと学校に行ってくれればいいんだが。
「そーだ！　おにーちゃん、今日はよろしくねっ」
「今日？　なんだ、二人とも何か用事があるのか？」
「えへへっ♪　あのねー、今日帰ってきたらおにーちゃんにわたしの――」
昨日言ったばかりだろうが。俺は慌てて緒花を居間の隅に引っ張っていく。
（お前な、昨日絶対に言うなって言っただろ……！）

（あー、誰にも言っちゃダメなんだっけ）
（あのなぁ、大事なことを簡単に忘れるなよ……親父にも、学校にも、誰にも言うな）
呆れと疲れで、自然と深い溜息を吐いてしまう。まったく、寝ないで起きてて本当に正解だったな。寝ていたら今頃どうなっていたかと思うとぞっとする。
（もー、ちゃんとわかってるってー。ちょっと油断してただけじゃん）
相変わらずのノーテンキな返事に不安になってしまう。とはいえ、家はともかく学校についていくわけにもいかないので緒花を信じるしかないのだが。
「おーい、何やってるんだー？」
気がつくと親父が俺達を不思議そうに見ていた。
「い、いやちょっとした相談をな」
「……お前、緒花に何か悪いことを教えてるんじゃないだろうな」
やばい。今まで散々緒花をからかってきた前科がある。何かあったら確実に悪者扱いされるのは俺だ。親父の訝しがるような視線から目を逸らし、時計を見やる。
「そ、そんなことより、親父はもう家を出る時間じゃないのか？」
「もうこんな時間かっ……今日は遅くなるから夕飯は自分達で済ませておきなさいっ」
「ああ、わかった」
「いってらっしゃーいっ♪　オシゴトがんばってねっ」
「ああ、パパ頑張ってくるぞーっ」

デレッとした顔になった親父が、急ぎ足でリビングを出ていく。
ホッと息をついたところで、ヘラヘラしている緒花に詰め寄る。
「ったく、ヒヤヒヤさせやがって。いいか、学校でも絶対に誰にも言うんじゃないぞ。わかったな？」
「もー、しつこいっ。わかったって言ってるじゃんっ」
緒花はぷいっと顔を背ける。怒る前に自分の行いを振り返って欲しいもんだ。
「あのなぁ……もう一度確認するぞ――」
「あっ、ヤッバーいっ！　今日、トモダチと待ち合わせしてたんだった！」
「って、おいっ」
いきなり慌て出した緒花が、小走りでリビングを出ていく。どうやらまだ準備を終えてなかったようで、すぐに二階からドタバタという足音が響いてきた。
そしてしばらくすると、またドカドカと足音が降りてくる。
「……おい」
「なにっ？　わたし時間ないんだケドっ」
靴を履き終え、今にも家を出ようとしている緒花を呼び止める。
「今日はまっすぐ帰ってこいよ。せっかくだから制服のままやるぞ。それと――」
「はーいっ、いってきますっ」
緒花は適当に返事をしてローファーをひっかけながらばたばたと玄関を飛び出していっ

た。ちゃんとドアも閉めずに。
「――コンドームは俺が用意するから……」
玄関で呟いた俺は溜息をつく。この数分でどっと疲れてしまった。
とはいえようやく家に一人、ニートにとっては最も落ち着く時間の始まりだ。せっかくだし、俺もいろいろと準備をするか。
「記念撮影用に、いいカメラは必要だよな……」
頭の中で、いろいろとやりたいことを巡らせていく。夕方になれば学校から緒花が帰ってきて、それから――。

「……そろそろだな」
ソワソワしながら、スマホで現在時刻を確認する。これでもう何度目だろうか。昼すぎまでは俺もわくわくしていたのだが、それが午後になり、夕方になり、気づけば緒花がいつ帰ってくるのかとそわそわしていた。やがて――。
ばたん、と激しく玄関が開く音がしたかと思うと、だだだだっ、とものすごい勢いで誰かが階段を駆け上がってくる。
「ただいまーっ！　誰にも言わなかったよー！」
靴もコートも脱ぎ捨ててきたのだろう。制服姿の緒花が部屋に飛び込んできた。
「お、おお。お帰り」

走って帰ってきたのか、緒花はしばらく息を荒くしていたがやがて呼吸を整え、大きく息を吐き出した。俺自身も、緊張しているのか声が上ずるのがわかった。
「えへへ、急いで帰ってきたけど……やっぱりなんか緊張するかもっ」
胸に手を当てて笑いかけてくる緒花を見て、不覚にも緊張が増してしまう。
「最後にもう一回だけ確認だが、本当にいいんだな？」
「……う、うん、ダイジョーブ………だと思う」
やはり緊張が増してきたのか、緒花の声は先細り、ほとんど聞こえなかった。
その様子を見ていると、反比例してこっちの緊張は解れてくるから不思議だ。
「よぉし、じゃあさっそくやろうか」
「うん、よろしくね、おにー……」
緒花が答える間ももったいなかった。言い終わる前に強引に引き寄せる。
「ひゃんっ……!?　お、おにーちゃん……？」
両腕で簡単に収まってしまう小さな身体が密着し、ふわりと甘い香りが舞う。
俺にまったく似ていない整った顔が、すぐ近くで困惑したように見上げてきた。
「え、ええっと……なにするの……？」
「決まってるだろ？　まずはキスからだと思ってな……お前、キスもまだだよな？」
「えっ？　うん……まだ、だけど……」
いきなりセックスもいいが、この小さな唇にむしゃぶりつきたいと思ってたんだ。

「ほら、口開けろ」
「え、ええっ……？　でも、キスって好きな人とだけするものじゃないのっ……？」
（チッ、余計な知識を……）
どうせ、少女漫画あたりで得た知識なのだろう。兄妹セックスは大丈夫なくせにキスは嫌がるなんて、相変わらずどこかズレたやつだ。
「どうしても嫌だと言うならやめてもいいが、キスくらい誰とでもできないんじゃ小悪魔ガールになれないぞ？」
「うう、だってぇ……おにーちゃん口クサいし、マジでヤなんだケドぉ……」
「だったらどうする、諦めるか？　セックスもナシだぞ」
「う、ううう……。……や、やる……」
小さく頷く緒花。まだ踏んぎりはついてないようだが覚悟だけは決めたようだ。
自分でも下卑た笑いになっているのがわかった。処女と同時にファーストキスもいただいてやる。
「ぐふふっ……よぉし、口開けろ」
緒花のほっぺたをぐいっと掴んで口をこじ開け、いきなり唾液を流し込む。
「んあっ……？　は、はひひへふほっ……？」
緒花が、ビクッと身体を強張らせる。
「いきなりキスよりまずは慣れさせてやろうと思ってな。ほら、ちゃんと口開けろ」

「ふぁっ……んっ、んんぅーっ……」
緒花は、プルプルと震えながら唾液の感触に耐える。芽生え始めた自尊心で微かに屈辱を感じている様子に興奮しながら、緒花の口に唾液を流し込んでいく。
「よぉし、こんなもんだろ……もっと口開けてみろ」
「えぅ？　んあー……こう？」
「よしよし、よく見えるぞ……ぐふふっ」
緒花の口内を覗き込むと、俺の唾液がたっぷりと溜まっていた。
「それじゃあ、それを……そうだな、まずは味わってみろ」
「えー？　もぅ……んにゅ、んぐっ……にゅる、んぷ……」
俺の言葉に従い、緒花が舌を蠢（うごめ）かせる。俺の唾液が、ピンク色の小さな舌にネットリと絡みついていくのが丸見えだ。
「どうだ、美味いか？」
「んーんー」
キモい、と言いたそうな顔で緒花が顔を横に振る。というよりそれがいいんだ。マズそうな顔が非常にそそる。
「まぁそれも今だけだ。慣れるとすぐに気にならなくなるぞ」
適当なことを言いながら、緒花の口内を観察する。溢れてきた緒花の唾液と混ざり合ったのだろう、先ほどよりも増えているようだ。

「少しは慣れてきただろ？　じゃあ仕上げにそれを飲んでみろ。口は開けたままだぞ」
「んんー……!?　んー！　んんー……！」
しばらく首を横に振っていた緒花だが、しかしすぐに諦めたようだ。覚悟を決めたように目をぎゅっと閉じ、口を開けて俺に見せたまま、ゆっくり喉を動かしていき……。
「んふぅ……んくっ、んくっ、んくっ……んくっ——」
最後に顎を持ち上げて喉を鳴らして飲み込んだ。
「っはぁっ……ふぁい、のんらよー、これでいいれしょ？」
「お、おおおお……いいぞ」
唾液をせき止めるために盛り上がっていた舌のつけ根もしっかり下がり、喉奥まで丸見えになっている。ピンク色の濡れた喉奥がヒクヒクと震えているところを見ていると、ゴクリと喉を鳴らしてしまう。
俺の許可に緒花は口を閉じ、ホッと息を吐き出す。
「うぇー……おにーちゃんのヨダレ、飲んじゃったしー……きもちわるぃ……」
「だが、今のよりマシだと思えばキスも平気じゃないか？」
「たしかに、そーだけどぉ……うぅー……」
文句を言っているが、しかし緒花が今の行為で興奮しているのは間違いない。何せ、密着した膨らみからドキドキという鼓動が伝わってきているからだ。やはり兄妹ということなのか、コイツもコイツでそれなりに変態の才能があるらしい。

「ぐふふっ……よぉし、じゃあ今度こそキスだぞ。背伸びしてベロ伸ばせ」
「うう、やんなきゃダメなんだよねー……んあー……」
緒花が、その小さな舌を伸ばしながらツイッと背伸びしてきた。そして恐る恐る伸ばしてきた舌に自分の舌を強引に絡ませる。
「んぅーっ？　おにーひゃっ、んんっ……ベロ、当たっへるんらけろっ……！」
「キスってのはこうやるんだよ。気持ちよくしてやるから大人しくしてろ」
俺から身体を離そうとする緒花を強引に引き寄せ舌を絡め取っていく。
かつての風俗通いで鍛えられたベロチューテクはそこそこのものだと自負している。散々プロ相手のキスで翻弄されてきたからこそ、弱いところはよくわかるのだ。そんな俺にとって、ファーストキスの緒花を翻弄するなんて簡単なことで。
案の定、すぐに緒花の反応は変わってきた。
「んんっ……ぷはっ、なにこれぇ……れろ、ちゅ、ぷはぁっ……何か、変っ……んんっ、れろ、れろっ……」
俺に舌を絡め取られた緒花の呼吸は次第に荒くなっていく。
「どうだ、気持ちいいだろう？　れろ、ちゅぱ、れろっ」
「れりゅ、ちゅっ……わかんないけおっ……ぷはぁっ、ベロがくすぐったくて、ゾクゾクするっ……んぅっ、ちゅるぅ」
気がつけば緒花もその小さな舌を自分からも動かしてくる。こいつ、俺より変態なのか

もしれないぞ。
「ちゅぱ、れろ……よし、じゃあ次だ。そのままジッとしてろよ」
スッと、緒花のスカートの下に手を忍び込ませ尻を鷲掴みにした。
「んふぅっ……!? おにーひゃ、んはっ……!」
「れろっ……ほら、キスを止めるなよ……全然できてないぞ」
「らってぇ、おにいひゃんがっお尻さわるからぁっ……んぁっ、れろ、ちゅぱっ」
緒花の小さな舌と唾液を味わいながら、その尻をムニュムニュと揉みしだき堪能する。緒花の尻はまだ発展途上な肉づきでぷりぷりだ。しかもキスで興奮しているからか熱を持っている。これまで妄想してきたものよりもずっと素晴らしいその感触は、一瞬にして俺を夢中にさせた。

何度も尻に指を食い込ませては戻し、その弾力を楽しむ。
「ふぁっ、ぁぁっ……おにーひゃん、おひり、さわりしゅぎぃっ……んむぅっ……！」
「れろれろ……嫌か？　んむっ……じゃあこっちはどうかな？」
指をショーツの下に差し込み割れ目を探り出す。
クチュリ、と湿った感触がした。途端。
「んぅっ……！　やっ……いま、しょこはぁっ……！」
緒花がびくっと身体を強張らせる。尻肉もぴくんと引きつった。
指先を割れ目に埋めるようにして、小刻みに動かしてみる。指先に滑りを感じ、クチュ、クチュクチュ、と湿った音が、小さくしかし確実に聞こえてきた。
（おお、こ、これはっ……？）
こいつ、俺とベロチューしながら濡れてやがるのか。
「はぁ、はぁ、たまらんぞっ……！　れろ、んむっ……れろれろっ……！」
興奮に煽られるがまま、緒花の口を夢中で貪る。同時に、手を乱暴なくらい強く動かして、尻と肉割れを愛撫していく。
「おにーちゃっ……らめっ、なんかっ、なんかきちゃっ、んむぅっ……！　れろっ、ちゅるっ……ぷはっ、あっ、ふぁぁっ……！」
緒花の小さな身体がプルプルと震え、やがてギュッと緊張するのを感じたが、構わずにキスと愛撫を夢中で続けていると——。

「あっ？　やっ……やらっ、ふぁっ、あぁぁぁぁぁあっ……!?」
「おおっ？」
俺の腕の中で緒花の小さな身体がビクビクッと震える。
同時に小さな割れ目に突っ込んだ指先で、一気に愛液が溢れてくるのがわかった。
（こいつ……っ！）
初めて男に愛撫されてイってしまったらしい――軽くではあるが。
「ぷはぁっ……！　はぁ、はぁ……なに、いまのぉ……アタマのなか真っ白になった……」
「何だ、まだイッたことなかったのか？」
「イク……？　今のが、イクってゆーやつなの……？」
「そうだ。雑誌にも書いてあったろ？　たくさんオナニーでイッて綺麗になろうって……」
「うー、それはそうだけどぉ……」
緒花は、熱で潤んだ瞳を戸惑いに揺らしている。
どうやら絶頂というものの存在を知識として持ってはいても、実際に体験するのは初めてのようだ。にも関わらず初めて兄に触られて感じてしまうとは。
（マジで俺より変態かもな……たまらんっ……）
小さな身体は既に熱を持ち、ムワッとした甘酸っぱい汗の匂いが首すじから漂ってくる。
未成熟ながら早くも女の反応を見せ始めた妹に、俺も完全に昂ぶってしまっていた。
（これだけ準備ができてたら……そろそろいいよな）

「はぁ、はぁ……おにーちゃん……わたし、なんかアソコ、ムズムズする……んんっ……これって、イッたからなの……？」

「ああ、そうだ。これでもう準備はできただろうし、そろそろ本番をするぞ」

「あ……うん……」

俺のことをぽーっと見上げながら、緒花が頷く。多分、本当に何をするかはわかっていない——それがまたいいのだが。

「よし、そこで大人しくしてろよ。服は脱がなくていいからな」

緒花をベッドへ放り上げて、いそいそとビデオカメラを取り出す。

「おにーちゃん、なにするの……？　えっ、ビデオ……撮るの？」

「いいから。今から俺が言う通りのポーズを取れよ——じゃないと本番はナシだぞ」

緒花は一瞬嫌がるような素振りを見せたが、本番はナシ、という俺の脅しにあっさりと屈して微かに頷く。

そして——。

「えへへー……ぴーすっ♪　これでいい？」

「お、おお。いいぞぉ……いい笑顔だ」

手ブレしないように細心の注意を払いながら、カメラを回す。

ビデオカメラを通した小さな画面の中では、制服姿の緒花がぱかっ、と脚を開き、学生証を向けている。

（ごくっ……）
　エロいポーズとズボンの下で無邪気な笑顔のそのギャップに、こっちはもう怒張がガマン汁を滲ませっぱなしだ。
「よ、よーし……まずは自己紹介してみろ」
「自己紹介？　えーっと、吾妹緒花でーす！　シュミはカラオケでー、特技はとくにありませーんっ！」
「お勉強は？」
「きらいっ！　他にはー……おにーちゃん、いまの年齢とか通ってる学校とかも言ったほーがいーかな？」
「そうだな、それは……いや、やめておくか」
　万が一にでも映像が外に漏れた時に大問題になりかねない。それに関してだけは、敢えて触れない方がいいだろう。しかし、馬鹿っぽくて非常によろしい。
「じゃあ、今日の目的を言ってみろ」

「えーと……このカメラは記念撮影らしくてー、わたしがおにーちゃんとエッチして処女を卒業するところをバッチリ残すためにやってまーす」
「いいぞぉ……その調子だ……はぁ、はぁ」
実際、自分で何を言っているかよくわかっていない緒花の頭の緩さがビデオを通すと妙にいやらしい。そして、しっかり説明させたところで、一度緒花に近づいていく。
「じゃあ、これから兄妹セックスしちゃうようないけない割れ目を確認させてもらおうかな？」
「えへへ……はーい」
緒花は一度脚を閉じ、半脱ぎ状態のパンツに手をかけるとしゅるっ、と抜き取りまた脚をパカッと開く。
「うあぁ……ヤバい、なんかチョーハズい……♪」
実際は言うほど恥ずかしそうでもないが。
「お、おおおっ……こ、こら、ピースを忘れるな」
俺はというと、露わになった妹の秘所を食い入るように見つめていた。
「あ、はーい……ぴーすぴーす！」
慌ててピースサインをする緒花だが、俺の視線はレンズ越しに見える割れ目に集中する。
「はぁ、はぁっ……そのままっ、う、動くなよっ……」
逸(はや)る気持ちを抑えながら、手ブレしないように意識してレンズを寄せていく。

（くぅっ……たまらん！）
　こうして間近で見てみると、やはりまともな毛が1本も生えていない見事なツルツル具合で、内側のびらびらもはみ出していない、新鮮な果実そのものという感じだ。それにパッと見では発展途上のような幼さを残しているくせに、しかし愛液でしっかり濡れていて……。これが、妹の処女ワレメ。何てエロくて可愛いんだ……！
「もー、おにーちゃん……？　そんな近くで撮られると、さすがにヤなんだケドー……？　なんか鼻息荒いしー……」
　ハッとして顔を上げると、緒花がじとっと俺を睨みつけていた。
「ってゆーか、はやくしよー？　なんか、このカッコつかれてきちゃったんだケドー……」
「あ、ああ……そうだったな」
　そう、今回の目的は緒花のアソコを撮影することじゃない。今から、もっといいものをいただくんだ。俺はいそいそと三脚を用意してビデオカメラを固定し、少し離れた場所に置く——もちろん俺達の行為をちゃんと録画できる場所だ。
　そしてそのままズボンをパンツごと脱ぎ捨てた。既に硬く勃起しているペニスがびたん、と下腹部に当たる。
「うわぁ、すっごー……♪　おにーちゃん、昨日よりボッキしてるっぽい……」
「あ、ああ……まぁな」
　何しろこれから妹の処女をもらえるんだ。興奮しないわけがない。自分でも驚くほどにギンギンになった肉棒を見せつけながら、緒花ににじり寄っていく。
（さぁ、処女をいただくぞ……っ！）
今からこの未成熟な割れ目に自分のチンポを突っ込む。その興奮に危うく射精しそうになるのを抑えつけながら、緒花の膝に手をかけた時――。
「おにーちゃん、コンドームは……？　つけないと赤ちゃんできちゃうんでしょ？」
「……チッ。すまん、忘れてた」
覚えていたか。あわよくばと思ったが、さすがの緒花もそこまでバカではなかったようだ。仕方なく、用意しておいた超薄タイプのコンドームを装着する。確かに緒花の言う通り、万が一にでも孕んでしまったら大問題だしな。
「……これでいいな？　それじゃ、あらためていくぞ？」
「うん、いーよー……♪　はい……♪」
緒花が、まるで処女を差し出すように腰を軽く上げる。今から一生に一度の大切なものを兄に奪われる重大さも理解していない、その頭の緩さがまた俺の劣情を誘った。
「それじゃ……入れるからな」
緒花の入り口に亀頭をあてがい、ぐっと押し込む。先端が狭穴にめり込んだ途端。
「ぁっ……おにーちゃっ、やっぱ――」
緒花が何か言ったような気がしたがもう止まることなどできない。腰を押し出し、一気に貫いた。ブツッ、と先端が何かを破るのを感じた。

「あぐぅっ⁉　んんっ、くうううううぅぅっ……！」
次の瞬間、肉棒が押し潰されそうなほどの膣圧に襲われる。
「くっ、おおっ……き、きっつ……」
これが、処女を奪う感触。俺は今、妹のヴァージンを奪ったのだ。その達成感にぶるぶると腰が震えた。
「ん、うううぅっ……！　おにーちゃんっ、ぜんぶっ、入ったぁっ……？」
「い、いや、まだだ」
そうだ、達成感にひたっている場合じゃない。さらに腰に力を込め、小指がやっと入るほどの狭穴に肉棒をみちみちとこじ入れていく。
「くっ……ううっ……⁉　い、痛っ……ぁぁぁ！　んんっ、くっぅぅぅぅっ！」
よっぽど痛いのだろう、息を詰まらせる緒花の身体に脂汗が浮かんできた。それでも構わず、ずぶ、ずぶ、と処女穴を亀頭でねじ広げながら侵入していく。
やがて先端が緒花の最奥部にぶつかり侵入は止まった。
「はぁ、はぁ……は、入ったぞ……」
「んっ、くううっ……ぜ、ぜんぶっ……入ったのっ……？」
「ああ、入ったぞ……あ、あぁ……」
緒花の体温を肉棒で感じながら、熱い息を吐き出してしまう。
ゴムの薄膜越しに感じる緒花の処女膣は熱く、痛いくらいに締めつけてくるが、それがまた俺が初めての男だと実感させてくれる。浅いかと思いきや俺のモノはしっかり根元まで入っていて、むしろちょうどいい深さだ。
「よ、よぉし……動くぞっ……少し我慢しろよ」
早く処女膣を味わいたい俺は堪らず緒花の膝に手を置き、ゆっくりと腰を振り始めた。
「ひぁっ……あぁっ……!? い、痛っ……んんっ、はぁっ……痛いよぉっ!」
緒花が悲痛な声を上げる。ただでさえ狭い膣が驚いたようにぎちっ、と収縮した。
「はぁ、はぁ……痛いだろうが、我慢しろよっ……小悪魔になるんだろっ?」
ここで止めることなんてできるわけがなかった。緒花が逆らえないキーワードを口にして行為を続けようとするが。
「はぁっ、ぁあっ……あ、あれっ……? 痛い、んだけど……んぅっ……なんか……あっ、あっ……?」
緒花の声質が少しずつ変わってくるのに気づいた。
「おい、どうした? 緒花……はぁっ、はあっ……」
どれだけ痛がろうと構わず腰を振ってやる、くらいのつもりだったのに、緒花は苦しげながらも鼻にかかったような喘ぎ声を漏らし始めていた。
「はぁっ……あっ、ぁあっ……おにー、ちゃぁんっ……なんか、わたしっ……んんっ……アソコ、おかしーかもっ……」
(こいつ、まさか……もう感じてるのか?)

学生証
学年
名前

緒花の反応を確かめるために一定のペースで腰を振り、抽送を続けていると。
「なにこれぇっ……ふぁっ、あっ……ヒリヒリするのに、ゾクゾクしててっ、ひあっ？
ふぁっ、あぁっ……ヘンな声、出ちゃうぅっ……はぁっ、あぁっ……」
朧げだった快感の色が、だんだんと濃くなってくる。きつさは相変わらずだが、とめど
なく分泌される愛液が摩擦面に絡みつき、出し入れがスムーズになっていく。
やはり、緒花のやつはもう感じているようだ。しかし、処女喪失はもっと痛がるものな
んじゃないのか？　どんどんエロくなる緒花の声を信じられない気持ちで聞きながら、試
しに抽送のペースを速める。
「ふぁぁっ……!?　おにーちゃっ、はげしっ？　なにこれっ、ヤバぁっ……あっ、はぁぁ
っ……！　これっ、きもちっ、いーっ……あ、あぁっ……！」
「はぁっ、はぁっ……！　な、何てやつだっ……！」
怒張を抜き差しするごとに緒花の声が艶っぽくなっていき、ギチギチだった膣穴からは
力が抜けて、ほどよい締めつけへと変わっていく。
とめどなく溢れる愛液で潤んだ膣肉がコンドームの表面に嬉しそうに絡みついてくる。
「どうだっ……緒花っ、俺と、セックス……気持ちいいだろっ？」
我が妹ながら、まさかこんなに早く女として覚醒するとは。念願の兄妹セックスがよう
やく叶った興奮と相まって、男としてさらに妹から言葉を引き出そうと夢中になった。
「んっ、うんっ……おにー、ちゃっ……きもち、けどっ……わたしっ、これダメかもぉっ

「……あっ、んはぁっ……！　こんなの、どっかヘンになるぅっ……あっ、あぁっ……」

「はぁ、はぁっ……いいぞ、それでいいんだっ……！」

緒花の言葉が俺に兄として、男としての自尊心をいたく刺激する。処女をこんなふうによがらせることができるなんて、夢のようなシチュエーションだ。

「ダメだってばぁっ……ふぁっ、あっ、あぁあっ……！　こんなのっ、ずるいぃっ……！あっ、あぁぁあっ……！　やだぁっ！」

快楽から逃れるように身をくねらせる緒花。

「はぁっ、はぁっ、はぁっ……！　緒花っ、緒花っ……！　くぅうっ……！」

緒花のそんな反応に応えるこっちもゾクゾクとした感覚が広がってきている。ゴムつきだというのに、プロ相手に生で遊んだ時よりも気持ちいいかもしれない。

興奮しているからだけじゃない。緒花の肉壺は形も深さも締まり具合も、まるであつらえたように俺にピッタリ合っているのだ。

（これじゃ、俺も……やばいかもしれないぞっ……）

せっかくの妹の初体験だ。もっと味わっていたいのに、下半身には早くも劣情がぐるぐると渦を巻き始める。

「くうぅっ……！　緒花っ、もっと強くいくぞっ……！」

このまま、あっさりと先にイってたまるか。相手はたかが妹だ。そんな一心で、さらに激しく、緒花の処女穴に肉棒を突き入れ、引き抜く。少し強引な抽送で様々な角度に緒花を抉るが。

「……きゃぁんっ？　やぁっ、なにこれぇっ！　あぁんっ、ああっ、あぁぁあんっ！」

緒花の身体が一瞬反ったかと思うと、肉穴が俺のペニスにぎちっ、としがみついてきた。

「あっ……くぅっ締まるっ！」

急に収縮した膣内の感触に、ぞわっと快感が駆け上がってくる。驚くほどキツいのに、しかし俺の侵入を拒むようなものではなく確かな快感を与えてきた。自然、夢中で腰を振り立てるペースが上がっていく。

緒花の膝を押さえつけ、がむしゃらに肉棒を突き込み、緒花の狭膣をかき回す。激しい打擲（ちょうちゃく）で、腰を打ちつけるたびに緒花の小さな身体がガクガク揺れた。

「あぁっ？　あぁんっ！　おにーちゃっ、これヤバっ！　マジっ、ヤバっ……！」

緒花が半ば（なか）悲鳴混じりの喘ぎ声を上げる。二人きりでよかった。今一階に誰かいたら確実に聞かれてしまっているだろう。

「はぁっ、はぁっ！　凄い声だぞ、緒花っ！　初めてでそんなに気持ちいいのかっ？」

「う、うんっ！　いーのぉっ！　あんっ、あぁんっ！　おにーちゃんのがっ、お腹に……ズンッて響いてっ、アタマ、ばかになっちゃうぅっ！」

緒花の声が、部屋に盛大に響く。繋がっている箇所はすっかり本気汁でドロドロになり、突き入れの動きに合わせてグジュグジュと粘度の高い音を立てている。

これは、カメラで記念撮影していて正解だった。現実で妹が兄ペニスで盛大に乱れている姿など、一生モノのお宝映像だ。
そんなことを考えている間にも、俺の打擲を受け緒花はさらに高まっていく。
「あんっ、あぁんっ、あぁああっ！　もっ……ダメェッ！　きゃんっ、はぁんっ！　わたしっ、さっきの……またきちゃうっ！　ヤバイくらいおっきーのきちゃってるぅっ！　これっ、イクっていうんでしょ？　イっていい？　いいっ？」
ぶるっ、ぶるっ、と怖気のように身体を震わせ、俺に絶頂の許可を求める緒花。
「ああっ、いいぞ！　いつでもイケっ！」
緒花の嬌声に煽られるように俺の絶頂も間近に迫っていた。タイミングを合わせて緒花を絶頂へ導くため、射精感に耐えながら腰に力を込めてがつがつと膣奥を叩く。そして。
「ひあぁあぁあっ!?　あぁっ、イクっ、イクっ、イクぅうぅっ！　あっ、あぁあああああああぁぁあっ……!!」
緒花の身体が強張ったかと思った次の瞬間。
「ああああああああああああああああああぁぁぁぁぁっ……!!」
絶頂を迎えた緒花がかん高いイキ声を上げ、同時に膣穴がぎちっ、と収縮する。
「くううううぅぅっ……！　俺もイクぞっ」
激しい収縮に煽られ、俺も絶頂を迎えた。思いきり腰を叩きつけ、緒花に深く埋まったまま欲望を解放する。
ドクッ、ドクンッ……ドククッ！

「んはぁあっ？　あぁぁあっ……！　おにーちゃんのっ、奥でビクビクしてるぅぅっ……！
あはっ、それっ、きもちいっ、あっ、あぁぁぁあっ……！」
　初めて膣で味わう射精に緒花がまた嬌声を上げる。
「く、うううっ……たまらんっ……！」
　初体験で初イキに喘ぐ緒花の締めつけと熱を味わいながら、腰を密着させて射精を続ける。コンドームを着用してるとはいえ、完全に根元まで入れてしまえば気分は中出しだ。
妹の膣内に濃厚ザーメンを注ぎ入れていく感覚に身を委ねながら、何度も肉棒をビクビクと脈打たせる。
「あぁあっ……ひゃっ、んあっ……おにーちゃんっ、ああっ、まだ、わたしっ……まだなんかきちゃって……ひんっ」
「緒花っ……それっ、くぅっ……」
　俺の射精はもう終わろうとしているのに、長い絶頂を続けている緒花の膣の締めつけはまだ緩まない。それどころかもっともっとと欲しがるようなその膣肉の収縮運動に、愚息は早くも力を取り戻していく。
　こんなもの、一回で終わらせられるわけがない。
「くっ……続けていくぞ、緒花っ」
　肉棒を引き抜いた俺は大急ぎでコンドームをつけ替え、すぐさま緒花に挿入する。
「あはぁっ？　おにーちゃっ、まだするのっ？　いいよっ！　わたしもっ……もっとしたいっ！　もっとイカせてっ？」
　俺が挿入するなり嬉しそうな声を上げる緒花。
　昔から何度も何度も妄想してきた妹とのセックスに、俺は酔いしれていった。

　夢中で緒花とセックスをしまくり、気づいた頃には窓の外は暗くなっていた。
　事後、ヒクヒクと震える緒花の秘所を、間近で撮影する。
「はぁ、はぁ……いいぞ、そのままジッとしてろよ……」
　割れ目の周囲には使いまくったコンドームが張りついていて、そこから精液が漏れ出している。破瓜の赤色と相まって素晴らしい映像だ。
　じっくりと撮影したところで、手ブレに気をつけながらゆっくり引いていく。
「はぁー……はぁー……えへへ、いぇーい……♪　処女、卒業したよー……♪」
　俺が何も言わなくても、震える手を動かして、レンズに向かってピースを作る緒花。相変わらず頭の緩い反応だが、処女を奪った後にはそれもまたいいものだ。
　たっぷりとセックスを味わった身体は連続での行為によりすっかり弛緩し、小さな痙攣だけを繰り返している。こっちもすっかりクタクタだが、この姿を撮影できただけでも頑張った甲斐があったというものだ。
「緒花、初セックスの感想を言ってみろ」
　俺の言葉に緒花は一瞬戸惑う素振りを見せたが。

「えーっとぉ……はぁ、はぁ……おにーちゃんがすごすぎて、よくわかんなかったぁ……」
「何だ……すごいとかじゃわからないぞ。気持ちよくなかったのか？」
「もー、きもちよかったに決まってるじゃーん……♪　こんなの、ハマっちゃうかもって思ったよぉ……♪」
　うっとりとした笑みで、緒花が熱い視線を向けてくる。
　その瞳はまっすぐとレンズを――ではなく、それを通り越して俺を見つめていた。
　信じ難いことにどうやらセックスにハマってしまったようだ――頭が緩いにもほどがあるだろう。しかし俺としてはこれは何とも美味しい展開だ。
「これで処女じゃなくなったしエッチの

特訓を始められるな。頑張ろうなぁ緒花、ぐふふっ……ほら、最後に教えたことを言って」
　自分でも下卑た笑いが止まらない。こんなに簡単に妹を落とせるとは思わなかった。
「はーい……♪　これから毎日ぃ……おにーちゃんと兄妹セックス、頑張りまぁーす……」
　事前に伝えてあった締めの言葉を口にしながら、緒花がニコッと笑みを浮かべる。
　そんな緒花を見つめながら、俺は録画停止ボタンへと指を伸ばした。

「ううー……ヒリヒリするぅー……」
　事後、後片づけを終える頃には緒花もだいぶ落ち着いていて、いつものおバカな妹に戻っていた。さすがに初セックスで身体への負担は大きかったようで、お尻や腰のあたりをさすっている。
「おい、大丈夫か？」
　少しやりすぎてしまったか。俺は慌てるが。
「あんまりダイジョーブじゃないケドぉ……でも、気にしてないからいい……」
「……気にしてないのか」
「だって、わたしのために頑張ってくれただけだし……ってゆーか、わたしがお礼言わなきゃじゃん……おにーちゃん、処女をもらってくれてありがとね……？」
「は？　あ……お、おう」
　恥ずかしそうにお礼を言われて、ついポカンとしてしまう。

まさか、処女をもらってお礼を言われるような日がくるとは。というより、こいつはどれだけ頭が緩いんだ？　自分の状況がわかっているのか？

「でも、チョーつかれたぁ……わたし、晩ご飯までちょっと寝るからー……」

俺の心配もよそに緒花がフラフラと部屋を出ていくが、ついついその小さな背中を目で追ってしまっていて――。

「っと、呆けてる場合じゃない」

我に返った俺は部屋に残った性行為の匂いに気づく。

「……次は、もうちょっと回数を抑えないとな」

寒いが仕方ない。部屋の窓を開け、冷気を浴びながら少しだけ自分の行動を反省するのだった。

しかし人間の欲望とは際限がないもので——。
「くうぅっ……緒花もう、出すぞっ！ うぅっ！」
うめき声とともに思いきり劣情を解放し、ティッシュに白濁をぶちまけていく。
手の中で脈動する自分のものを感じながら、達成感とともに溜息を吐き出した。
「うむ……今日もたっぷり出したな……」
ティッシュで精液を拭いながら、動画再生を終了しヘッドフォンを外す。
深夜3時。夕方の緒花との初セックス動画をオカズにしてさっそくオナニーをしてしまった。本番であれだけ出したというのに、思い出すとまたむらむらしてしまい、処理せずにはいられなかった。しかし。
「最高の映像だが……やっぱり、ゴム付きでしたのがもったいなかったな」
せっかくの妹の処女を、生ハメで奪えなかったのはもったいなかった。
「やっぱり……生でハメたいよな……」
行為中の緒花の乱れっぷりを思い返すとそのうち同意させられるとは思うんだが、それがいつのことになるやら。

「確か明日は休みだよな……親父は、休日出勤とか言ってたし」
こんな生活をしていると休日も平日もなくなるが、明日は一般的に世の中は休み。当然ながら緒花の学校も休みとなる。このチャンスを上手く使って、緒花が生ハメへの抵抗をなくすように仕かけてみるか。セックスの快楽がまだ残っているうちの方がいいだろう。
「さて、どうしたものかな……」
緒花はバカなので、生ハメへの警戒心さえなくなれば後は楽なはずだ。
となると、やはり男性器に慣れさせることを優先した方がいいだろう。一度慣れさせてしまえばおバカな緒花のことだ、握手でもするように俺のものを受け入れるはずだ。
「後は、具体的な内容だが……」
緒花が食いつきそうなネタ、断りきれないシチュエーション、考えるだけで楽しい。正直これはエロゲよりもちょろい。誘導次第で俺の言うことを何でも信じてしまうおバカな妹――釣り堀の魚みたいなものだ。
夜明けまで、残り数時間。いつもは退屈でしかなかった時間帯が、今夜に限っては胸が躍って仕方がなかった。

そして翌朝――。
「おはよーっ♪」
休日出勤の親父からあれこれと文句を言われながらも見送った後、私服姿の緒花がリビングにやってきた。たっぷり寝たのかすっきりした顔をしている。
「おう……」
こんな時間になってまでわざわざ起きていたのは万が一のためだ。昨日も口を酸っぱくして言ったものの、コイツの場合、朝は特に頭が働いていないせいでぽんぽん秘密を口にしてしまう。うっかり寝起きに親父と出くわしたら何を言うかわからない。そのために朝はしばらく目を光らせていなければならなかった。
「なんで起きてるの？　めずらしー！」
しかし緒花はひょこひょこと内股気味になりながら歩いていた。この歩き方を親父に見られていたらやばかった。心配して救急車でも呼びかねないからな。
「お前が口を滑らせないようにだよ。ちゃんと約束は覚えてるだろうな。親父にバレたらこれから特訓しない。もう小悪魔にもなれない」
実際は特訓どころの騒ぎではないだろうが、緒花にはそういう常識が通じない。脳味噌直結で考えられる餌で釣るしかないのだ。
「もー、しつこいなー、わかってるってばー」
不満そうに頬を膨らます緒花。やはりしばらくは早起きを強いられそうだ。とはいえ俺もただ寝るのを我慢しているつもりはなかった。
「よし、じゃあ今日から本格的な特訓開始だぞ。準備はいいか？」
俺の言葉に、緒花の瞳に一瞬戸惑いの色が浮かんだ。

「えぇ～っ、これからするの？　わたし、もうちょっとしたら遊びに行くんだケドー」
「なっ……お前、俺との特訓より友達を選ぶというのか……！」
いきなり計画にほころびが出てしまった。本当は朝からたっぷり楽しんでやるつもりだったんだが。しかし、このまま済ませるのも癪だ。
「……わかった。朝は手早く済ませるか。出かける前に軽く朝練をしていけ」
緒花は俺の言葉に露骨に嫌そうな顔をしたが。
「……もー、わかったよー……チコクしたくないから、マジでちょっとだけだかんねー？あと、服汚さないでよー？」
やはりこのワードには逆らえないみたいだ。緒花は納得できていないようだが、それでも渋々溜息をついて鞄を床に置いた――本当にちょろいやつだ。
「よぉし、じゃあさっそく――これをつけろ」
今朝さっそく使おうと思っていたものを緒花に差し出す。

「うー……マジでこんなコトやるのー……？」
リビングで膝を突いた緒花は俺が渡した目隠しをつけたが、やはりまだ乗り気ではないようで、早くこの場を離れたがっているのがわかる。
「ああ、これは必要なことだからな……小悪魔になるにはまず男性器に慣れる必要がある……お前、初めて見た時男性器の匂いに戸惑ってただろう？　これはそれに慣れる訓練だ。

小悪魔ガールになるなら男性器の匂いくらい平気にならないとやっていけんぞ」
戸惑っている緒花に順序立てて説明していく。実際は何の順序にもなっていないが、緒花はこういうのに弱いのだ。大抵は『ほーっ』と従ってしまう。
「うーっ……それはわかったけどぉ……」
早くも俺の言葉に誘導され始める緒花。やはりちょろいやつだ。
「わかったらさっさと嗅げ。モタモタすると遅刻だぞ？　小悪魔にもなれないぞ？」
「ううー……わかったよぉ、もぅ……すぐ終わらせてよね？」
緒花が了承すると同時に自分のズボンをずるっと下ろしてペニスを緒花の顔に突きつける。俺のペニスはものの数秒で完全に勃起していた。
「うーっ……こうでいい？」
恐る恐るといった感じで、俺の肉棒に顔を近づける緒花。恐る恐る鼻先を怒張に擦りつけてスンスンと嗅いでくる。途端。
「くんくん……うう、やっぱりクサいぃー……くんくん……うえぇぇ……」
「これが男性器の匂いだ。しっかり覚えろよ」
「はぁーい……くんくん……うう、吐きそうなんだケドぉ……くんくん……」
言いながらも緒花は鼻をひくつかせて俺のペニスの匂いを嗅ぎ続ける。
「いいぞぉ、その調子だ。じっとしてろよ……はぁ、はぁ……」
用意していたスマホで動画撮影を開始する。もちろん、記念撮影用だ。昨日のものに比べるとインパクトに劣るかと思っていたが、これはこれでまたいい。兄ペニスに鼻を擦りつけながらくんくんと鼻を鳴らす妹の姿は、予想以上に興奮する。

「くんくん……うえぇぇ、なんかもっとクサくなってきてないー……？」

「そういうものなんだよ。興奮すると匂いが強くなるんだ。そうやって男の興奮がわかるんだぞ。それで、どうだ？　そろそろ慣れてきたか？」

「うう、慣れるわけないじゃん……くんくん、どれだけ嗅いでも、クサいだけだしー……」

「うーむ、そうか……それじゃあ仕方ないな」

にたり、と口端を吊り上げる。こういう反応を待っていたんだ。この状態で匂いに慣れないなら、もっと強く匂いを実感させるしかないだろう。

「おい緒花、少しだけ口を開けてみろ」

「んー？　はーい……あーん」

普通なら目を塞がれて不安なはずなのに、緒花は俺の言葉に従いほんの少しだけ口を開ける。その瞬間、口腔の隙間に勃起をねじ込んだ。

「んむぅっ⁉　んんーっ……⁉　えぐっ……んぐっ？」

「おっと、逃げるんじゃないっ」

ペニスで喉を叩いたせいか、えづいて顔を離そうとする緒花を追って、腰を押し込む。抜けかけていた肉棒が、再び緒花の口腔内にずぼっと入った。

「んんむぅっ？　おにーひゃん、こへ、くひゃいーっ……！　きもひわゆいぃ……！」

「こっちの方が匂いが強いぶんすぐに慣れるだろ？　ほら、鼻で呼吸してみろ」
「んむぅぅ……すぅぅー……んえぇぇぇっ……！」
緒花は必死で鼻呼吸をしようとするが、俺のモノを咥えたままえづく。
そういえば、昨日のアレから風呂に入ってなかった。2～3日くらい風呂に入らないのが当たり前なので忘れていたが、それで緒花はこんなに苦しんでいたのか。だが、その悪臭で緒花の口を汚すという状況がまた俺を興奮させる。
「おにーひゃぁん……こへ、むひだおぉぉ……んぇぇっ……」
「まったく、すぐに無理だとか言って諦めるんじゃない。小悪魔になるんじゃないのか？」
洗い忘れていたことを棚に上げて、半ば体育会系のノリで叱ってやる。匂いが思っていたよりも強いのは想定外だったが、やらせることは変わらないのだ。
「仕方ないな、唾液をたっぷり口の中に溜めて俺のモノを洗ってみろ。そうすれば匂いもなくなるかもしれないぞ」
「うぅー、ありゃうっへ言われへもぉ……んんぅ……ろーしゅればいーのぉ……？」
「歯は立てないように、舌と唇でヌルヌルっと洗うんだよ。ほら、試しにやってみろ」
「んんー……ちゅぷ……ちゅぽ……ちゅ……」
俺の言葉に素直に従い、緒花が口と舌をゆっくりと動かし始める。
「おおっ……！　いいぞっ」
緒花の口の中に溜まった唾液が、ジュブジュブと音を立てて俺の肉棒に絡みつき、ぷるぷるの唇が竿をにゅるにゅるとしごく。初めてにしてはなかなかのものだ。
「うー……ちゅぷ……ちゅぽ……レロレロ……ちゅぽ……ちゅぷ……うぐっ」
吐き気を耐えているのだろう、緒花はプルプルと震え、時折喉をひくつかせている。汚れがたっぷりと含まれた唾液を飲めないのか、ダラダラと垂れ落ちているがそれもまたイイ。ヨダレでベトベトになりながら肉棒を咥え込む妹というのも、堪らないものがある。
「はぁ、はぁ……どうだ、そろそろ匂いや味にも慣れてきたんじゃないか？」
「んぅぅ……きょんなの、しゅぐに慣へないよぉ……」
「まったく、仕方ないやつだなぁ……ぐふふっ、こういうのはどうだ？」
こういうふうに緒花が嫌がれば嫌がるほど、さらにしてやりたくなるのだ。緒花の鼻をむぎゅっとつまんでやった。
「んんぅっ……!?　んぅぅー！」
緒花が、ビクッと肩を跳ねさせる。
「ぐふふ、どうだ？　これなら苦しくないだろう？」
「んんぅーっ……！　んぅぅっ……じゅるるっ……！」
緒花は嫌がって首を振り続けていたが、やがて俺の亀頭にジュルルッと吸いついてきた。鼻腔を塞がれたことで、呼吸したければこうするしかないのだ。
「おにーひゃっ……こへっ、くりゅひぃっ……！　じゅぞぞっ……！」
しかし妹が頬をへこませながら肉棒に吸いつくその姿は予想以上に興奮して、肉棒がビクビクと脈打った。もう少し緒花に任せようと思っていたが、もう我慢できない。
「はぁ、はぁ……！　よーし、そのまま吸いついてろよ……！」
そして俺は緒花の鼻をしっかりとつまんだまま、腰を振り始めた。緒花の口をオナホのようにし、自分で肉棒をじゅぽじゅぽと出し入れする。
「んんぐぅぅっ……⁉　じゅぶっ、じゅるっ、じゅぶっ、じゅぞっ、じゅるるっ……！」
緒花は喉の奥で悲鳴を上げながらも小さな口で勃起に吸いついてきた。
「はぁっ、はぁっ、いいぞぉっ！　すごい吸いつきだっ！」
緒花のバキュームを感じながら、ジュブジュブと出し入れする。摩擦のせいか、緒花の口内は非常に熱い。直接粘膜が触れ合う興奮に、まるで昨日はできなかった生ハメをしているような気分になり、余計に力が入ってしまう。
「んぶっ、んぐぅぅっ……！　じゅるっ、じゅぶっ、じゅぼっ……！　んんん！」
緒花は苦しげな声を上げ、顔を引いて俺の抽送から逃げようとするが。
「こら、逃げるんじゃないっ！　小悪魔はこれくらいじゃへこたれないぞっ」
俺は許さない。鼻をつまんでいる手をグイッと引いて、引き寄せてやる。
「じゅるっ、じゅぶっ、じゅぞぞっ……！　んぶっ、んぐぅっ、んんんぅぅっ……！」
そんなに小悪魔になりたいのか――もう小悪魔なんて関係ない状態なんだが――えづきながらも必死で俺のものにしゃぶりつく緒花。唾液でグチョグチョになった小さな口腔内に肉棒を突き入れていると、じわじわと射精感がせり上がってくる。

「よし、いいぞ……そのまましゃぶってろよ……」
ぞわりとした感覚に身を任せながら、決定的瞬間をしっかり残すためにスマホをしっかりと持ち直す。
「んっ……はぁっ、はぁっ！　いくぞっ、後少しで終わらせてやるから強く吸えっ！」
「んんぐぅっ！　えぐっ、うぐっ……じゅるるっ！　じゅずずぞっ！　じゅるるっ！　じゅるるゅぅっ！　んぐぐっ！」
緒花は時折のどをひくつかせてえづきながらも必死で俺のものに吸いついてくる。唇のきついしごきと、口腔内の粘膜がねっとりと密着し、俺の肉棒をとろかすように撫で擦る。
「くぅっ……うぅ、いいぞ、その調子だっ！」
奥へ奥へと引き込まれていくような吸引に、ゾクゾクとした熱い痺れが腰全体まで広がっていく。それを解き放つべく、最後のスパートをかけていき――。
「んぶぅぅぅぅっ!?　じゅるっ、じゅぞっ、じゅずぞっ！　んぐっ、んんぅっ、んんんんぅぅぅぅっっ!!」
緒花の喉に先端がぶつかった瞬間、一気に限界が訪れる。
「くうううっ！　出るっ！」
ビュクッ、ドクドクドクッ！
緒花の口の中で思いきり欲望を解放する。つけ根に力を込めて絞り出すように、白濁をどばどばと吐き出していく。

「んんんんんんんんんんんんーっ……⁉」
「くうぅぅっ！　ほら、俺のザーメンを味わえっ！」
あえて少しだけ腰を引いて、浅い場所で思いきり精液をぶちまける。妹フェラに興奮していたこともあって量も勢いもすさまじく、あっという間に口腔内を満たしていく。
「んぐーっ！　んんぅ！　んぅぅぅっ！　んぐっ……ぐぷっ……」
精液を吐き出したいのか緒花が声にならない声で叫ぶが、その間も鼻はつまみっぱなしのまま解放してやらない。もちろん呼吸できるわけもなく、緒花は酸素を求めて射精中の亀頭に必死になって吸いついてきた。
「んんぐぅっ……！　じゅるるぅっ……！　んぶっ……じゅるるぅっ……！」
「お、おおおっ……！　よぉし、そのまま飲むんじゃないぞ……！　今度はこっちだ」
そして今度は射精途中のペニスをずるっと引き抜き、俺自身の手でしごき、緒花の顔にザーメンを浴びせていく。
「んふぅっ……⁉　あっ……あぁっ、んんぅっ、んんぅぅっ……！」
ビュルッ、ビュルルルルゥッ……！
「くうぅっ！　どうだ、お兄ちゃんのザーメンシャワーだぞ！」
シミひとつないきめ細やかな肌の上に、俺の放った精液がボタボタと付着していく。
緒花の童顔を汚していく興奮に射精は止まらない。緒花はザーメンの感触に怯えているのか、ギュッと肩をすくめながらひたすら無抵抗に俺の白濁を顔面で受け止めた。

やがて――。

「んふーっ……んふーっ……ん、んんんー……？」

俺が射精を終えても緒花は口をもごつかせたままで俺に何かを聞いてくる。こいつにとってはずっと視界が塞がれたまま、何が起こっているのかわかっていないのだ。

「んんーんん、んん、んーんんんんーんー……？」

恐らく口の中に溜まった精液をどうしていいのか聞いているのだろう。

「決まってるだろ、そのまま飲むんだ。吐くんじゃないぞ」

「んんー……んくっ、んくっ、ごくっ……」

俺の言葉に緒花は一瞬口を歪めたものの、大人しく従い、わずかに顎を持ち上げ、喉を鳴らして飲み込んでいく。

「お、おお……いいぞ……全部飲めよ」

素晴らしい。妹が兄ザーメンをゴックンしてる姿を録画できるなんて、これも兄の特権というやつだろう。喉に絡んで仕方がないのか、眉間にシワを寄せて必死に嚥下(えんげ)する緒花を見つめながら、またオカズコレクションが増えたことに満足感を覚えるのだった。

だが、目隠しを外した途端――。

「もー、汚さないでって言ったじゃんっ！」

顔をそこらのタオルで拭いながら緒花が洗面所に走っていったかと思うと、またどたどたと戻ってくる。

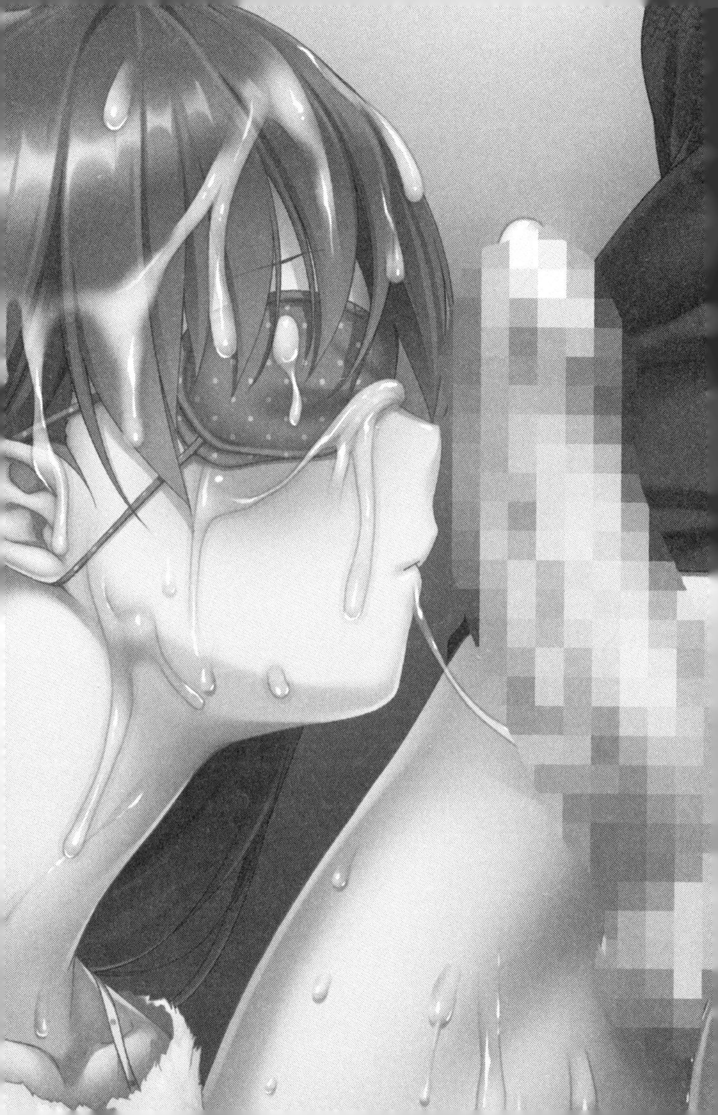

「チョータイヘンなんだからねっ！　セーエキ洗ってても残ってるし、クサいの取れないし、メイクし直しだしっ！」

（せっかく特訓してやったのにうるさいやつめ……）

というかコイツ、いつの間にか化粧なんぞ始めてたのか。スッピンのままでも何ひとつ変わらないくせに、変にマセたことばっかりしやがって。

「でも、そのおかげで男性器の匂いには少しは慣れただろ？」

俺の言葉に緒花は一瞬口を噤んだが。

「そっ……それはそーかもしれないけどっ、それとこれとは別っ！」

また俺の前で腕を振り回しきーきー騒ぎ始める。騙されやすいくせに、騙されたとわかるとこうやって騒ぐんだからな。というよりもう自分の状況を忘れているらしい。

「……お前、時間大丈夫なのか？」

壁時計を指差してやると。

「ヤバっ⁉　もーチコクじゃんっ！」

「ほら、わかったらさっさと行け。友達によろしくな」

「うーっ、おにーちゃんのばかっ！　いってきますっ！」

捨て台詞を残して、緒花は大慌てでリビングを出ていった。まったく、休日も平日も変わらず騒がしいやつだ。

「さて、俺はひと眠りするか」

よく考えたら昨日からずっと寝ていないし、射精後の疲れもあってもうくたくただ。時間の感覚なんてもうあってないようなものだが、今日ばかりはさすがによく眠れそうな気がする。そして夕方頃には起きてまた買い物だ。

もちろん緒花との特訓のためだが、寝て起きてを繰り返すだけの生活に比べたら、起きてやることがあるというのはなかなかいいものだ。

「ふわぁぁぁ……朝からどっと疲れたな……」

俺以外誰もいなくなった静かなリビングであくびをした後、俺はのたのたと自室へ向かった。

そしてその日の夜――。

「そろそろいい時間だな……」

ようやく日付が変わる時間になり、俺は居間をそっと抜け出す。

わざわざいい酒を買ってきてまで親父にたっぷりと飲ませたから、親父はソファにノビている。これくらいなら多少の大声を出しても起きないだろう。

「ぐふふっ……さぁて、仕上げといこうか」

今夜こそ緒花と生ハメをするのだ。そのための準備は夕方のうちにしてあるし、これから緒花とすることを考えると早くも下半身が高ぶってくるのを感じながら緒花の部屋に向かう。しかし――。

ってくるのに気づくなり。

「えっ？　あ、ううん、なんでもない、ゴメンもー切るねー。うん、おやすみー」

少し慌てて通話を終え、スマホを枕の下に隠してしまった。意外な反応だった。もう少しあけすけなやつだと思っていたが――こいつも隠しごとをする歳になったか。しかも。

「もー、いきなり入ってこないでよねー。ビックリしちゃったじゃーんっ」

少し怒ったように俺を睨みつけてくる。お前がそれを言うのか、という感じだが。

「何だ、もしかして男か？」

「え？　うん、男の子だよー」

「いや、そうじゃなくて。彼氏候補なのかってことだよ」

ついこの前に彼氏がいないことは聞いたが、これくらいの歳の恋愛は病気みたいなもんだからな。昨日は好きな人がいなくても今日は、なんてことは普通にありそうだ。

緒花は一瞬きょとんとした後。

「なにそれ、そんなわけないじゃーんっ。ただのクラスメイトだしー」

「……そうか」

屈託なく笑う緒花を見て、内心で男に同情する。緒花に嘘をつくような頭はないだろうから、本当にただのクラスメイトなのだろう。となると、男の片思いか。それにしてもやはり緒花はモテるんだな。兄の俺は、当時かなり嫌われて遠巻きにされていたというのに。
「しかしお前にはまだ男は早い。小悪魔にもなってないのに」
「うー……っ、じゃあどうすればいいのぉー？　小悪魔になったら彼氏とかできるの？」
「そんなのは特訓をすればわかることだ。じゃあ、服を脱げ」
俺がそう切り出した途端、緒花は自分の身体を隠すように背中を向ける。
「えーっ、もーお風呂入っちゃったしー。汚れるよーなコトしたくないんだケドー」
「それは大丈夫だ、風呂を使う予定だからな。どれだけ汚れてもすぐに洗い落とせるぞ」
「うわ、汚れるの確定？　それに、おにーちゃんにハダカ見られるのヤなんだけどなぁー」
緒花が俺をじとっと睨みつける。こいつにしては珍しい反応だ。処女喪失ハメ撮りまでしておいて、裸程度で恥ずかしいも何もないだろう。
「おいおい、何を言ってるんだ？　見知らぬ他人ならまだしも、家族にすら裸を見られたくないとか、それじゃあ立派な小悪魔ガールになれないぞ」
「うっ……それは……そうかもしれないけどぉ……」
俺の言葉に緒花がぐっと詰まる。やはりこいつにとって『小悪魔』という単語には逆らい難いものがあるのだろう。
「安心しろ、お前は水着でいい。ちゃんと俺が用意しといたから」
「えっ、そーなのっ？」

「ああ、それならお前だって平気だろう？　もちろんスクール水着とかじゃないぞ。もっと大人っぽいやつだ」
緒花がぱぁっ、と明るい表情になる。
「もー、だったら先に言ってよねー♪　んふふー、エッチして新しい水着ゲットできるとかラッキー♪」
さっきまであんなに嫌がってたくせに現金なやつだな。こっちにも好都合だが。
「すまんな。さ、行くぞ」
「はーいっ」
緒花はスキップでもしそうな軽々とした足取りで俺についてくるが、兄として少し心配だ。今までよく知らない人に「お菓子あげる」と言われてついていかなかったものだ。

「うひゃー、なにこれヌルヌルしてるー♪」
「ローションだ。気持ちいいだろ？」
「きもちいーってゆーか、なんか面白いかもー！　んー……！」
わざわざ買ってきたエアマットの上、緒花が楽しそうな声を上げて柔らかい身体をムニュムニュと寄せてくる。しかもVスリングショット型の水着を身につけていて、マットプレイとしては初歩の初歩だが、なかなかの感触だ。
「ってゆーかさー、コレのどこが水着なワケー？　こんなのただのヒモじゃーん」

　言いながら緒花が水着のヒモを引っ張ってぱちん、と鳴らす。

「お前だってウケるーとか言ってノリノリで着ただろ。それに海外なんかでは普通に使う人もいる、ちゃんとした水着だぞ」

「えー、マジでーっ？　じゃあ、おにーちゃんは海外に行かない方がいいねー」

「ん、何でだ？」

　素で聞き返すと、緒花がニュルンと身体を寄せてきた。

「だってほら、わたしの水着でガチガチにボッキしちゃってるじゃーん♪　他の人の水着でボッキしたらすぐタイホだよー？」

　俺を挑発するように身体を俺に密着させてくる。小悪魔とは言い難いが、これはこれでなかなかいい。

「まぁ、たしかにそうかもな……ぐふふっ」

　まさか、自分から肉棒に身体を寄せてくるとはな。どうやら、まだ昨日の性行為の効果が残っているのか俺の身体に対する嫌悪感がなくなってきているようだ。

「そーだよー……こうやってタイホしちゃうんだからぁ！　うりうり～♪　ほーら、もうビクビクしてるー♪」

　警戒心などはすっかり薄れたようで、緒花は俺の肉棒を玩具のように弄んでいる。俺の身体そのものに慣れたようで、俺の腹肉をまさぐったり脚を太股で挟んできたりと、少し前からは想像もできないほどに気軽にボディタッチをしてくる。

「ずいぶん楽しそうだなぁ……緒花」
「だってー……一回エッチしたら男の人の身体なんてもう余裕だしー。ってゆーかおにーちゃんって、プニプニしててきもちいーよねー♪」
言いながら緒花は俺の腹をつまんだり、体脂肪の多い胸にほっぺたを擦りつけてくる。
「そうかそうか。今日は好きなだけ触っていいぞぉ。これも特訓だからな」
緒花には、男に触って慣れるための特訓だと説明してある。警戒心をなくさせるためのダメ押しのつもりだったが、必要なかったかもしれないな。これなら簡単にいろいろさせられそうだ。
「じゃあ、そのまま胸でヌルヌル擦ってくれよ」

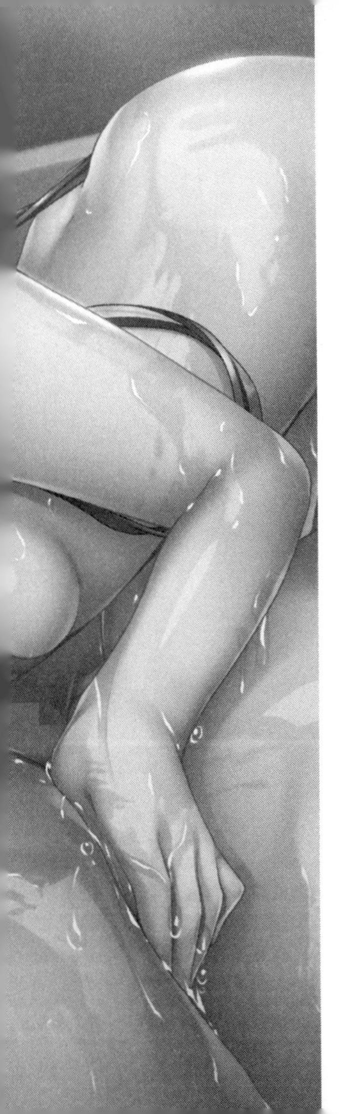

「えー？　わたしのおっぱいがいいんだー？　いーよ、シャセーさせてあげるねー♪」
よっぽど楽しいのか、緒花は嫌がる素振りも見せず、くすくす笑いながら身体を俺の股間までずり下ろした。そして、教えてもいないのに小さな膨らみで俺の勃起を挟み、控えめな乳房を押しつけるようにして身体を上下させ始めた。
「こうでいいのかなー……それっ、よっ……しょっ、ほっ……」
慣れない動きでたどたどしいが、たっぷりとローションのまぶされた緒花の柔肌が俺の下半身をニュルッ、ニュルッ、と行ったり来たりする。
「んしょっ、んしょっと……どう？　こんな感じー？」
「ああ、いいぞぉ……その調子だ」
「んふふー、やっぱりエッチなコトってカンタンかもー♪　んっ……ふぅっ……んしょ、んしょっとー♪」
「くお、堪らんっ……！」
緒花の身体が乳房からみぞおち付近までを使って、肉棒をニュルニュルと擦っていく。手や足に比べるとストロークが長いぶん、それらとはまた違う快感が肉棒に走った。ゾクッとくる感じではなく、ゾクゾクゾクッ、とくるのだ。
「んしょ、んしょっ……おにーちゃんの、なんかチョー暴れてるんだケドー♪　これって、そんなにきもちいーの？」
「ああ、最高だ……はぁ、はぁ……このままじゃ、またすぐ射精しそうなくらいだぞ」

「なにそれ、キモーいっ♪　おにーちゃんって、わたしとエッチなコトしてるとすぐシャセーしちゃうよねー♪」

　鼻歌でも始めそうなくらい上機嫌に、身体を揺らしてくる緒花。本人は小悪魔のつもりなのだろう。ただでさえほぼ裸に近い格好なのに、そんな姿で全身を擦りつけている姿は非常にエロい。しかも、緒花は動きに夢中で気づいていないようだがさっきから水着がズレている。ただの裸とは違う、目にも肉棒にも嬉しい、予想以上に楽しめるプレイだ。

「んしょっ、どう？　もうそろそろシャセーしちゃいそうなんじゃないのー？　どーお？」

「い、いいや、まだだな……っ」

　強がってみせるが、実は結構まずい。まだ少しは余裕があるものの、妹との密着ソーププレイは男としての本能を予想以上に刺激してきている。

「ふーん、そーなんだー。じゃあ、わたしホンキ出しちゃおっかなー？」

　緒花がくすくす笑いながら見上げてくる。なかなか生意気な目をしている。ただ、そうなると俺も男として挑戦を受けないわけにもいかず。

「ほ、本気だと？　ふふん、やってみろ」

　そんな俺の内心を察しているかのように、緒花は楽しそうな笑みのままで――。

「じゃあしちゃうからねーっ？　それっ！　緒花スペシャールっ♪」

　言うなり、緒花が俺の股間に全体重を乗せてくる。

「お、おお……っ？」

緒花の乳房がムニュンと俺の肉棒を押し潰した。小柄な緒花の体重と弾力がなかなかに心地よい。思わず下半身が反応してしまった。
「あははっ、チョービクビクしてるー♪　うりうり、きもちいーんでしょー？」
体重を乗せたまま、緒花の身体が大きく滑る。身体をくねらせながら、みぞおちどころか下腹部あたりまで使った、かなりの全身運動だ。
「くっ……あっ、それっ……くぅっ」
一往復ごとの快感が長すぎて、不覚にも腰がガクガクと動いてしまう。
「あははっ♪　ヤバーい、チョー楽しーんだケドーっ♪　そーれっ、そーれっ♪」
「おっ、おっ、おおおおおっ……！」
「まだまだいくよーっ？　そーれっ、そーれっ♪」
俺の反応に調子づいた緒花がさらに激しく身体を擦りつけてくる。最初は冷たかったローションも二人の体温で温まり、快感もどんどん上昇していった。
「おあっ、あぁっ、あぁぁぁあっ……！」
絶えず襲いかかってくる快感に、喘ぐような声を上げてしまう。こんなプレイなど風俗でさんざんやってきたが、妹にこれをやられていると思うだけであっという間に高まってきてしまう。俺の愚息は、早くも助けを求めるように激しく打ち震えていた。
（これ、やばいかもな……緒花のくせにっ）
緒花のハリのある身体でたっぷりと摩擦されていくうちに、熱い迸りがぐんぐんとせり上がっていく。
「うわぁ、おにーちゃんのチョー暴れてるー♪　もうシャセーしそうなんでしょー？」
「あ、ああ、そうだなっ……だが、もうひと息だっ」
「じゃあー、こーゆーのがいーのかなっ？　んしょっ、それそれそれそれーっ♪」
緒花の動きが一転して、小さく速いものへと変わった。全体重をかけて亀頭を押し潰しながら、膨らみかけの乳房でハイペースに刺激してくる。
「ほらほらーっ！　どーだ参ったかー、このこのーっ！」
普段俺にいいようにされているせいか、緒花はずいぶん嬉しそうだ。夢中で身体を擦りつけて俺を射精へと追い込んでくる。実際、俺の射精感はもうすぐそこまで迫っていた。押し留める気もないのだが。そして。
「いーよ、イッちゃえイッちゃえーっ！　それっ、それっ、それっ、それぇーっ♪」
緒花がトドメとばかりに身体を大きく擦りつけた瞬間。
「あっ、おっ、おっ、あっ、あぁぁぁっ……！」
緒花の顔が俺の股間のすぐそばにある時に射精が始まった。
びくっ、びくっ、と肉棒がしゃくり上げ、緒花の顔の近くで白濁が迸る。
「きゃんっ♪　うわぁ、またいっぱい出たー♪」
しかし緒花はすっかり慣れたようで、顔にかかりそうなほどの距離だというのに気にした様子もない。むしろ、出している姿が楽しいとばかりにその身体を動かしてくる。

「ほーら、もっとビクビクしちゃえー♪　ほらほらほらー♪」
「ああっ、そんなにされたら、またっ……くぅぅっ！」
ビュクッ、ビュルルルルッ……！
射精中の肉棒をヌルヌルと刺激され、さらに射精を煽られる。そんな俺の様子を、緒花はキラキラとした楽しそうな笑みで見つめており——。
射精が終わるまで、ずっとその身体を擦りつけてくるのだった。

「はふっ……はふぅっ、えへへーっ、どう？　おにーちゃん。はっ、はっ……うまくなったでしょ？」
俺の上に乗っかった緒花は息も荒いままに嬉しそうな声を上げる。いやらしい行為をしたというよりは、何か新しい遊びで俺を負かしたように喜んでいる。しかし、この程度のマッサージで風俗通いした俺を満足させることはできない。もちろん緒花と生ハメするという目的もまだ忘れてはいなかった。
「よぉし、交代だ。今度は男に触られる特訓をするぞ」
「ひゃんっ……!?　お、おにーちゃん……？　やっ、放してっ……」
マットをどかして緒花を抱き寄せようとすると、慌てて身をくねらせて風呂から逃走しようとするが、もちろん俺は逃さない。
「ぐふふ、逃げるんじゃないぞ」

ローションまみれで手は滑るが、それは向こうも同じで踏ん張りが効かないようだ。体格差もあって俺から逃れることもできず、乳房をまさぐる俺の手を受け入れるしかない。
「ヤ、ヤだっ……ひぅんっ……おっぱい、触るなんて聞ーてないんだケドっ……」
「おいおい、今言っただろう？　次は男に触られる特訓だ」
「で、でも、まだハズいってゆーかっ……んんっ……ヤっ、揉んじゃダメっ……ひぅんっ」
「おい、俺の身体を触るのは恥ずかしくてなくて、自分の身体を触られるのは恥ずかしいのか？　それじゃ男慣れしたとは言えないぞ」
緒花の言葉を遮るようにして、乳房を揉みしだいていく。ちょうど手の平に収まる程度の控えめな膨らみだが、しかし充分に柔らかい。小さくても女の身体になりつつあるのだ。
「よーし、そのままにしてろよ……たっぷり触ってやるからな」
緒花の小さな膨らみを、ムニュムニュとこね回すように揉みしだいてやる。ローションで滑る手の平にもちもちとした肌質が心地よい。
「も、もーっ……ダメだってばぁっ……ひぅんっ」
「どうした、耳まで真っ赤だぞ……？」
緒花の耳に唇を寄せて、触れるか触れないかのところでボソボソッと囁いてやると。
「やんっ……!?　み、耳、やめて……」
緒花の肩がぴくんとひきつる。
「何だ、緒花は耳も弱いのかぁ……？　ふーっ」

「んっ、んんんっ……！」
息を吹きかけるとゾクゾクッ、といった感じで緒花の身体が震える。どうやら、本当に耳も弱いようだ。身体はお子様の癖にこういう感覚だけは発達してるんだからな。一体どうなってるんだ。しかし、そうなるとさらにいたずらをしたくなる。
「よぉし、だったら……こういうのはどうだ？」
緒花の真っ赤になっている小さな耳に、舌を伸ばす。ちろっ、と舌先が触れた途端。
「ひゃんっ……？　ヤだっ……耳、ダメだってばぁっ……あっ、あっ……！」
緒花がひきつった声を上げる。いい反応だ。
「どうだ、ゾクゾクするだろう？　れろっ……れろろっ……」
「あ、あっ……マジで、ダメぇっ……ふぁっ、あぁっ……！」
緒花は俺の舌から逃れようと身を捩らせるが、もちろん逃がすつもりはない。にゅるにゅると腕の中で暴れる緒花を引き寄せ、ついでに小さな乳房への攻撃も再開する。
「れろっ、れろろっ……知ってるか緒花、ここも気持ちいい──ぞっ」
手の中にある緒花の小さな膨らみをまさぐり、指先で先端の突起を探り出す。途端。
「ひぁっ……!?　おにーちゃっ、あっ……そこっ」
ビクンッ、と大きな反応を見せる緒花。
「先っぽ弄るのダメぇっ……！　耳といっしょにされたらっ、ビリビリするからぁっ……あっ、あぁっ……ふぁぁっ……!?」

　どうやら、乳首の感度もかなり良好のようだ。そんなことを言われてやめるわけがない。指の間に突起を挟むようにしてこりこりとこね転がしてやる。
「ちょっ……やだぁ！　おっぱいの先っぽっ……そんなに弄っちゃ……ひんっ！」
「ピチャ、レロレロォッ……ああ、可愛いぞぉ緒花ぁ……はぁ、はぁっ……！」
「やぁっ、ふぁっ……ダメって、言ってるのにぃっ……！　ふぁっ……ひぁんっ……！」
　緒花だって言いながらも本当に嫌がっているわけではないのがわかる。身をくねらせながらも俺の腕を振りほどこうとはしないし、初めての感覚に戸惑っているだけだろう。
　実際、緒花の体温はどんどん上がってきて、呼吸のペースまでせわしなくなってきたのがわかる。それに、ムワッと香ってくる、どこか甘さのある汗の匂い。
　兄である俺の手で、妹の身体が発情してきたのだと思うと、俺の下半身はもうばきばきと痛いくらいに張り詰めていた。そろそろ本番に進む頃だ。
「ふぅ……よし、そろそろ許してやろう……」
「はぁ、はぁ……もー、ダメって言ってるじゃぁん……」
　腕の力を緩めても緒花は逃げる素振りを見せない。もう快感の虜になりつつあるらしい。
「すまん、あんまりにも緒花が可愛くてなぁ……」
「うぅ……おにーちゃんに言われても、嬉しくないし……ううー、もう放してよぉ、スケベェ……」
　真っ赤な顔を背ける緒花。拒絶らしい態度を取ろうとしているみたいだが、それが逆に牡の情欲を刺激する。ただでさえ猛っていた男の象徴が、さらにギンギンにそそり立ってしまう。

「……なぁ緒花、これ、挿れさせてくれないか?」

ギンギンに勃起した肉棒を、緒花の尻に押しつけてやる。

「え……? あっ……!」

それだけで何を言いたいのか察したようで、緒花はビクッとその身体を緊張させた。愛撫でひくつかせていた脚をぱちっと閉じ合わせる。

「ダ、ダメに決まってるじゃん……だって、コンドーム持ってきてないでしょ……?」

「いいじゃないか。1回だけ試してみよう、な……?」

耳元で囁きながらさらに強く肉棒を押しつけて意識させる。

「ん、んんっ……! ボソボソってされると、くすぐったいってばぁ……」

さらに止めていた両手もゆっくりと動かし、緒花の身体に弱めの性快感を蓄えさせる。

「思い出してみろよ、昨日は気持ちよかっただろ……? こんなものじゃ足りないんじゃないか……?」

俺の言葉に、緒花が一瞬考えるような間があった。もう決意が揺らぎつつあるみたいだ。

「……そ、それでも……コンドームなしでエッチするのは、ダメだってばぁ……んぅっ」

「大丈夫、中に出さなきゃ滅多なことじゃ赤ちゃんはできないぞ……なぁ、1回くらいいいだろ……?」

「で、でもぉ……はぁ、はぁ……んんっ」
緒花が、モジモジと膝を擦り合わせる。恐らく弱い快感を与えられていることで昨日の記憶がフラッシュバックしているのだろう。控えめな膨らみ越しにも、トクトクと鼓動が速まっていくのがはっきりと伝わってきた。
（よぉし、切り札を使うか）
もう緒花の決意もぐらぐら揺れているのがわかる。後もう少しで快楽を求める方に傾くだろう。
「それにな、まだ教えてなかったが……セックスってのは生でした方が何倍も気持ちいいんだぞ……？」
「えっ……！　そ、それって……昨日のよりも、きもちいーってコト……？」
「ああ、比べものにならないほどだ……1回やったら、病みつきになるかもなぁ……？　ほら、これを生で突っ込むと……わかるだろ？」
ぴっちり閉じた緒花の股に勃起を出し入れして刺激してやる。太股がぴくぴくと震えているのがわかった。
「そ、そんなに……きもちいーんだ……んんっ」
「ああ……だから、一回だけやってみないか……？　一回やって気持ちよくなかったらもうしなくていいから……な？」
さらに速く緒花の太股のつけ根に肉棒を出し入れする。もちろん、乳房を優しく愛撫しながら微快感を与えることも忘れない。
緒花といえば、想像が膨らんで興奮してきたのかその身体はどんどん熱くなっていて——迷いに迷った末に、ついには諦めたように小さく頷いた。
「じ、じゃあ……マジで、1回だけだよぉ……？」
妹を口説き落とした瞬間、生ハメを同意させた感動に思わず身震いしてしまった。危うく射精しそうになってしまったくらいだ。
「わかってる、ぐふっ……わかってるよ……じゃ、入れるからな」
緒花の気が変わらないうちにと急いで亀頭を膣口に当ててると、わずかに身じろぎした。
「んっ……おにーちゃん、いちおー、わたし、まだ二回目だから……ちょっと優し——」
しかし俺は緒花の言葉を最後まで聞かず一気に剛直をねじ込む。
「あっ、あぁぁぁぁあっ……⁉　おにーちゃっ、いきなりっ……？」
「う、うおぉっ……熱いっ……⁉」
緒花の狭穴は一瞬抵抗したもののすぐに広がり、肉棒をにゅぷぷ、と受け入れていく。
「くぅっ……緒花の中、もう、とろとろじゃないかっ……」
もともと肉棒がローションまみれだったとはいえ、これだけすんなり入っていくのはそれだけが理由ではない。緒花の牝の部分も俺を受け入れる準備を整えていたのだ。
「あっはぁ……なに、これぇっ……この前と、ぜんぜん違うっ……あっ、あぁぁっ……！」
「くうぅっ、堪らんっ……！」

　ゾクゾクッと震える緒花の身体をギュッと抱きしめながら、肉棒を押し入れていく。狭くてキツキツなのは相変わらずなのに、膣内は奥まですっかりトロトロだ。処女膜を失ってまだ1日程度しか経ってないくせに、俺のモノを容易に根元まで受け入れてしまった。
「はぁー、はぁー……んんっ……マ、マジで……コンドームなしで入れちゃった……おにーちゃんのおちんちん、入れちゃった……」
　緒花は声を震わせているが、どうやら頭の緩いこいつなりに生で挿入してしまった興奮を味わっているようだ。
「はぁ、はぁ……ああ、最高だぞ、緒花ぁ……たっぷり味わってやるからな」
　しかし俺もそれをじっくりと味わう。ようやく緒花と生ハメができたのだ。緒花と繋がったまま、ねちねちと肉棒で膣をこね広げる。
「んんっ……！　ヤっ、動かないでっ……はぁっ、んうぅっ」
「はぁ、はぁ……ああ、やっぱり生は気持ちいいな……」
　小さな尻に腰をグリグリと押しつけながら、緒花の膣内をじっくり味わっていく。キツキツ感と蕩けそうなほどの熱さは変わらないが、やはりコンドームの有無だけで感触がまったく違う。微妙にプクッと膨らんだ箇所があったり、ヒダの1枚1枚が愛液でヌルヌルになっていたり、コンドームを着用していては気づけなかった微細な部分まで、鮮明な情報として伝わってきている。
　ついに妹に生ハメができたのだ。直接粘膜が触れ合う快感もあり、じっくり達成感に浸っていると。
「はぁ、はぁっ……もう、ダメっ……あっ、んっ……そんなにグリグリされるとっ……わたし、もうっ……」
緒花が、ほんの小さくではあるものの自分から腰を動かしてくる。そしてそれと同時に、ジュワッと溢れ出してくる大量の愛液。どうやら、堪能しているうちにすっかり焦れてしまったらしい。しかも。
「お、おにーちゃぁん……はぁ、はぁ……一回だけなんだから……ちゃんと、してぇ……？」
振り返って俺に物欲しげな目を向けてくる。おバカな癖にもう男に媚びることを覚えてしまったらしい。
「はぁっ、はぁっ……ああ、いくぞっ！」
もちろん、出し入れをねだられて我慢なんぞできるわけもない。ローションで滑りやすくなっている足元に気をつけながら、最初から激しく突いていく。
「きゃぁんっ!?　やぁっ、そんなっ、いきなり強いぃっ……！　あんっ、あぁんっ、ひぁぁんっ……！」
「う、おおおっ……!?　緒花の中……すごいなっ」
いざ抽送を始めた途端、腰が抜けそうなほどの快感が走る。考えてみれば当然の話で、挿れてるだけでも気持ちいいのだから動けばそれ以上になる。身体の相性なのか、予想を遥かに超えた快感だ。

「くぅっ……緒花、いいぞぉ……っ」

緒花の小さな身体を貪るようにして、腰を振り立て、剛直で狭穴を抉る。

「ふあぁぁっ……⁉　なにこれっ、すごっ、すごいぃっ……！　マジでっ、昨日よりきもちいいっ、あっ、あぁんっ、あぁあんっ……！」

まだ二度めの交わりだというのに緒花は早くも高まった声を上げ始める。その反応に俺もどんどん乗ってきた。腰を振りながら緒花の耳に舌を這わせる。

「はぁっ、はぁっ、はぁっ、はぁっ！　緒花っ、緒花っ！　もっとしてやるぞっ、れろっ、れろっ……」

「ひぁぁあんっ……⁉　ダメぇっ、いまもっ、きもちいーのにっ、耳もなんてぇっ、あんっ、あぁんっ……！」

「耳だけじゃないぞ、こっちもだっ！」

抽送を怠らないように意識しながら、2つの可愛らしい膨らみごとグニュグニュと強めに愛撫してやる。

「きゃぁんっ⁉　おにーちゃっ、これダメぇっ、ホントにダメぇっ！　あっ、あぁあんっ！　ワケわかんなくなるっ、アタマっ、おかしくなるぅっ！」

初めての生セックスに加えて、敏感な耳と乳首――。

3つの快感に同時に責められて、緒花がイヤらしい声を盛大に上げてる。一瞬だけ、親父が目を覚ますかもしれないという不安がよぎるが、そんなものは無視をして、すぐさま緒花の身体に集中し直した。妹と生でつながる快感に比べれば、そんなものはどうでもよくなっていた。
「どうだっ、生ハメは気持ちいいだろう？」
「きもち、いいっ！　あんっ、きゃぁんっ！　こんなのっ、信じらんないくらいきもちいーよぉっ！」
俺の言葉に同意しながらも快楽にさいなまれているかのように首を振る緒花。
ここまでいい反応をするなら落とすのも簡単だろう。
「だったら、生ハメが好きだって言ってみろっ！」
「好きっ、生ハメ好きぃっ！　あぁんっ、あんっ、きゃぁんっ！　こんなの、きもちよすぎてぇっ！　あぁあんっ、ひぁあんっ！　好きになっちゃうに決まってるぅっ！」
ほんの少しは抵抗すると思ったのだが、緒花はあっさりと口にする。快楽に屈するのが早すぎるのか、それともただ素直なだけなのか。
「よぉし、ご褒美だっ！　れろれろっ……！」
「あぁぁんっ！　耳ぃっ、おっぱいっ、生ハメぇっ！　ぜんぶ、きもちいーよぉぉっ！　きゃんっ、はぁんっ、あはあんっ！」
すっかり快感に屈した緒花が、嬉しそうに喘ぎ声を上げる。
浴室内で反響したエロ声が、重なり合いながら俺の鼓膜と脳味噌をガンガンと揺らしてくる。これだ、ずっとこれがしたかったんだ。夢の中に迷い込んだような気分に浸りながら自らを射精へと追い込んでいく。
「あんっ、あぁんっ、きゃあんっ！　これっ、マジでっ、ヤバすぎるぅっ！　あんっ、あぁんっ！　こんなのっ、もう忘れられなくなっちゃうぅっ！」
「俺もだっ！　はぁっ、はぁっ、はぁっ！　初めての生ハメ記念にっ、たっぷり出してやるからなっ！」
「あっ……えぇっ⁉」
俺の言葉を聞いて、快楽でトロンとしていた緒花の目に僅かな理性が灯った。抽送のペースを落とさない俺の様子に本気だと察したのか、慌てて身を捩り出す。
「だめっ、だめだからねっ⁉　あんっ、あぁんっ！　このまま、中に出しちゃダメだからねっ⁉」
「うるさいっ！　今さら中出し以外なんて認めるかっ！」
「ダメだってばぁっ！　それじゃ約束が違うじゃんっ、あんっ、あぁんっ！　ダメっ、ゼッタイっ、ダメぇっ！」
「中出しが一番気持ちいいんだよっ！　いいから黙ってろっ！　ほらっ！」
小さな身体を逃がさないようにしっかりと抱き寄せながら、激しく腰を叩きつける。戻ってきた緒花の理性をねじ伏せるつもりで、乱暴に緒花の膣を剛直でかき回した。
「きゃぁんっ⁉　あんっ、あんっ、あっ、あっ、あぁぁぁあああっ……！　やだぁ！　やだよぉ！」

俺の激しい打擲を受けて緒花は喘ぎ声と悲鳴の入り混じった声を上げる。
せっかくの生ハメなんだ、ここまできて膣以外でなんて出してたまるか。何としても緒花の中で射精するつもりだった。緒花を捕まえたまま、小さな尻に腰を打ちつけ、肉穴に乱暴に勃起を出し入れするうちに——。
「ひあぁああっ⁉　だめっ、こんなのだめぇっ！　きもちよすぎてっ！　アソコっ、ばかになっちゃう！」
緒花の声質が変わり始めた。快楽に屈服しつつあるような、懇願するような、自分でもどうしていいかわからないようだ。しかし俺にとってはチャンスだ。このまま攻めきって生ハメの虜にしてやる。
「はぁっ、はぁっ！　ああっ、出るっ！　出すぞ緒花っ！」
緒花を強く抱き寄せ、射精の瞬間にうっかり抜けてしまわないよう、深い場所でつながったまま小刻みなストロークを繰り返す。
「だめぇっ！　もうわかんないぃっ！　なにがだめでっ、なにがいいのかぁっ！　もうわかんないよぉっ！」
「なっ、緒花……中に出していいだろっ？　わかんなくなっていいからっ……中に出すのが一番気持ちいいんだぞっ」
「あぁんっ！　きゃぁんっ！　ひあぁあんっ！　んはぁあっ！　きゃひんっ！　あはぁぁあぁんっ！　あぅっ……もぅ、わかったからぁ！」

こくこく頷く緒花の瞳から理性の色が完全に消え、牝声を上げ始める。同時に、もう限界とばかりに膣内が収縮を始めた。
「ああっ、あああああっ！　出るぅっ！　出すぞっ……出すぞっ」
遂に緒花に中出しを同意させたのだ。ここぞとばかりに、俺も一気に射精感を押し上げていく。
「あああっ、もうらめぇっ！　いくっ、いくぅぅぅぅっ！　あっ、あぁぁぁあぁぁぁぁああああああっ……!!」
緒花のイキ声に合わせて俺も絶頂を迎える。
「ぐううううううぅぅっ!!」
ビュクッ、ドクドクドクッ、ドププッ……！
腰をしっかりと密着させて、深い場所でつながったまま思いきり中で牡精を解き放つ。中出しだ。俺は今、妹の膣内にたっぷりとザーメンを注いでいるのだ。ゾクゾクとした快感に浸りながら、二度、三度と子種を放っていく。
「あぁぁあっ……!?　あついのっ、びゅーびゅーでてるぅっ……！　あっ、あぁぁぁぁあっ……!?」
「おおおっ、締まるぅっ！　くうううぅぅっ！」
俺の射精に反応して、膣内もまた繰り返し収縮している。どうやら、緒花も繰り返し達しているようだ。

押し潰されそうなほどの膣圧の中、俺は怒張の中に1滴も残すまいと、ユルユルと腰を動かしながら放ち続け――。

本当に長い時間をかけて、ようやく子種の放出は止まった。

「はぁーっ、はぁーっ……あはぁ……いまの……チョーすごかったぁぁ……♪」

「はぁ、はぁ……俺も気持ちよかったぞぉ……ぐふっ」

まだ余韻を引きずっているのだろう、緒花は肩を上下させたまま恍惚の表情を浮かべている。まだ中出しをされた重大さには気づいていないようだ。

(……これなら、もっと楽しめそうだな)

妹相手の生ハメ&中出しという夢のような経験を経て、俺の怒張はまだまだ萎える気配を見せていなかった。今なら、もっとヤれるはずだ。

「なぁ緒花、もう1回しようぜ」

腰をグリグリと押しつけて、ザーメンまみれの膣内をグチュグチュとかき混ぜてやると。

「んっ、はぁっ……おにーちゃん、だめだよぉ……はぁ、はぁ……わたし、まだイッたばかりだからぁ……♪」

緒花の反応は緩慢だったが、嫌がる素振りではなかった。

「いいだろ？　もう1回だけでいいから、な？」

「もぉー……おにーちゃんの、ヘンタイぃ……♪」

ウットリしたまま、キュンキュンと2回だけ強めにアソコを締めつけてくる緒花。明らかに、意図的だ。了承の意味だと判断し、俺は再びググッと腰に力を込めた。
「よぉし、いくぞっ！」
——再び、浴室内に緒花のエロい声が響く。
俺は、時間を忘れるほどに妹との生セックスに没頭し続け、そして一度の例外もなく、すべて緒花の膣内へと子種を注いでいったのだった。

しかし——。
風呂を上がりリビングに戻ってきた俺を緒花が待ち構えていた。
「おにーちゃんっ、正座っ！」
「……チッ、わかったよ」
本気で怒っているようなので、リビングの床に正座する。
「おにーちゃん、わたし中に出しちゃダメって言ったよねっ？　そんなコトしたら赤ちゃんできるって知ってるよねっ？」
「お前だって、2回目からは自分から欲しがったじゃないか」
俺の言葉に緒花は一瞬言葉に詰まる。
「そ、それとこれとは別なのっ！」
カァッと顔を赤くしながら、プンスカと怒る緒花。

「お前の言いたいことはわかってるよ。でも気持ちよかっただろ？」
「きもちいーとかそーゆー問題じゃなくて、もっとマジメな話をしてるんだケドっ？」
「いいから答えろ。生でして、中に出された方が昨日より気持ちよかっただろ？」
　本気の質問だという意図を込めて、少し強めに言ってやる。さすがに察したのか、緒花は少しばかり気恥ずかしそうに視線を逸らしながらボソボソと呟いた。
「……き、きもちよかったケド？　それが？」
「だろ？　そこでコレだ」
　あらかじめ用意していた袋から、２つの薬を取り出す。アフターピルと、そして低用量ピルだ。緒花に中出しするために、かなり苦労して手に入れたものだ。
「こっちが、今から飲んでもらう薬だ。ちょっとばかし体調を崩すが今回のことで赤ちゃんができなくて済む」
　緒花の前に薬の箱を並べていく。
「こっちが、これから毎日飲んでもらう薬だ。飲み忘れなければ今後赤ちゃんができることはない。ついでに生理症状も軽くなるらしいぞ」
「えっ？　な、なにそれっ？　どゆことっ？」
　胡散臭そうに薬を見ていた緒花だが、俺の言葉を聞いた途端、目を丸くする。
「これさえあれば中に出しても赤ちゃんができない、そういう薬だよ。つまり――」
　言葉を区切り、ひと呼吸分の間を空ける。

「これを飲むなら、生ハメも中出しもヤり放題ってことだな」
俺自身、少し意地悪だと思う笑みで緒花に薬を渡す。
緒花は、受け取った薬を真剣な表情で見つめながらゴクリと喉を鳴らしていた。
「こ、これ飲めば……さっきみたいに、コンドームなしでおにーちゃんとエッチしてもよくなるの……？」
「ああ、凄いだろう？」
「えっと、その……もらっても、いーんだよね……？」
不安そうにおずおずと聞いてくる緒花に、笑いそうになる。正座させられた仕返しに、ちょっとイジってやるか。
「そのつもりだったが、生でしたくないと言うなら低用量ピルは必要なかったな。返せ」
「ええっ⁉　待って、ちょっと待って！」
手を伸ばすと、緒花は慌てたように俺から距離を取る。まるでおやつを取り上げられそうな子供のような反応だ。わかりやすいやつだな。
「どうした？　生でするのはダメなんだろ？」
「え、えっとね！　ほら、小悪魔ガールになるには中に出すのも必要なのかなーって！」
「いや、必要じゃないぞ。そっちの方が効率的ではあるが」
「で、でもほら、やっぱりトックンってコーリツ的の方がいーよねっ！　ねっ？」
「それはどうだろう。ほら、急がば回れと言うじゃないか」

「えええええっ⁉ えーっと、それじゃ、えーっと！」
　上手い言い訳が思いつかないのか、緒花がちょっと泣きそうになってきた。仕方ない、そろそろ許してやるか。
「いや、やっぱり効率的な方がいいかもな」
「で、でしょっ？ やっぱりそーだよねっ！」
「ああ、だから緒花にその薬を飲んで欲しい。いいか？」
「わかった！ 仕方ないから、ちゃーんと飲んであげるっ♪」
「おう、そうか……ぐふふっ」
　ニコニコ顔の緒花を見て、俺も自然と笑みがこぼれる。緒花にとっては避妊薬とコンドーム着用は同レベルの話なんだろうがこっちは違う。何せ、妹に『ピル飲むから中出しOK』宣言されてるのだ。男として、そして兄として興奮しないわけがない。
　まったく、本当にバカで可愛いやつだ。
「さて、そろそろ部屋に戻るか……さっき渡した今飲む用の薬、ちゃんと飲んどけよ」
「あ、忘れてたっ。飲んでこよーっと♪」
　足取りも軽く、緒花がキッチンへ向かった。
　俺も部屋に向かいながら、今後のことを考える。これで、後は10日もすれば気兼ねなく妹に生ハメ&中出しし放題が決定になったわけだ。今まで妄想してきたいろいろなシチュエーションが全て可能になると思うと、それだけで股間が熱くなるような気がした。

そして、それからというもの。

生ハメにも中出しにも抵抗がなくなった緒花は、よりいっそう行為に積極的になっていった。もちろん、それらが全て小悪魔ガールになるために必要なものだと疑っていない。

俺も調子に乗って日に日に行為をエスカレートさせていった。そんな調子であっという間に年末が近づき——。

(まったく、この時期はやっぱり家から出ない方がいいな)

頭の中でそんなことを考えながら商店街を歩く。平日だというのに、夕方の商店街は人でごった返していて、ぶつからないように歩くので精一杯だ。俺自身、ヤボ用があったので仕方なかったのだが。他には特にやることはないし、必要なものは通販で注文して部屋に備蓄してある。年末年始はほぼ部屋から出ずにすごせるだろう。

(まあ、やることといったら……緒花とヤることとくらいかな)

思わずぐふっ、と喉が鳴った。そう、緒花も冬休みに入る。ということはほぼ一日家にいることになるだろう。ということはほぼ一日セックスということだ。

　もちろんやりたいことは無数にある。この年末年始で緒花をどう調教してやろうか考えるだけで一日潰れるほどだ。と。
　前方から緒花と同じ制服を着た女子達がやってくる。
（そうだな、例えば制服姿で――）
　が、引きこもりの俺のこと、そうやすやすと人と目を合わせられない。顔を伏せて彼女達の横を通りすぎようとした時。
「あー、おにーちゃんだーっ！」
　聞き慣れた声に思わず顔を上げると、やってくる女子の集団は緒花とその友人達だった。
「お、おお。緒花……今帰りか？」
「うん、今日は終業式で早く学校終わったから、みんなで買い物行くんだー」
「そ、そうか……」
　緒花の友人らしき子達にたどたどしく会釈すると彼女達もいぶかしげながら会釈してくれた。やっぱり、普段家から出ずにいるだけあって、リアルで人と接するとうまく言葉が出てこない。こういうのが嫌だから余計に家から出なくなるんだが。
「えと……」
　緒花の友人達はやはり俺を怪しんでいるのか、緒花に問いかけるような視線を向ける。
「えーっとねぇ、おにーちゃんは、わたしのおにーちゃんっ……いつも家にいるんだー」
「こら、おかしいだろ」

緒花の頭を軽く小突く。妹相手ならどもらずに話せるのが情けない。
「あたっ？　もーっ、本当のことじゃーん！」
頭をさすりながら口を尖らせる緒花。悪意がないだけにタチが悪い。緒花なりに何とか俺の紹介をしようとしているみたいだが。
「あ、えーと、緒花がいつもお世話になってます……」
「あ、そうなんですか……ええと、よろしくお願いします」
緒花の友人もよくわかっていないみたいだが、とりあえず頭を下げてくれた。そしてまた俺と緒花を交互に観察し始める。よくある反応だった。あまりにも似ていなくて、兄妹だと信じられないのだ。
「でね、おにーちゃん、明日からのお休みなんだけどねー」
そんな中、緒花は俺と友人達の気まずさにも気づかず、あっけらかんとしている。
その様子に、俺の中にイタズラ心というか、意地悪な欲望が首をもたげる。自分でも意外だった。友人達の目に『お前達が兄妹のはずがない』という戸惑いを見てしまったのもあるだろう――緒花をめちゃくちゃにしてやりたくなってしまった。
「緒花、そういえばちょっと用事があるんだった。一緒に来てくれ」
「えっ？　あっ、ちょっと、おにーちゃんっ？」
俺が手を引くと緒花は一瞬踏ん張って抵抗するが、緒花にとって、兄と友人どちらを取るかと聞かれれば俺を取るしかない。

「ごめん……！　今日、おにーちゃんと用事ができちゃったからあとで電話するねー！」
　俺はぱたぱたと手を振る緒花の手を引き、呆然とする友人を残してその場を離れた。
「もーっ！　なんでこういうことするのぉ？　由美ちゃんと恭子ちゃんにあとで謝らなきゃじゃーん！　おにーちゃんのばかっ！」
「何を言ってるんだ。小悪魔になりたいなら、いついかなる時でも特訓しなければならないんだぞ」
　妹を連れてきたのはこの地域で唯一のカラオケボックスだった。ここなら二人きりになれる場所として一番近く、すぐにでも緒花とやりたい俺には絶好の場所だ。
「またそういうこと言ってぇ……」
　ソファにちょこんと座った緒花はまだ機嫌が直っていないのかぶーぶー言っているが。
「いいだろ、前から来たがってたし。好きなだけ歌っていいんだぞ」
「ホントっ？　飲み物も注文していい？」
　俺の言葉に途端に目を輝かせる。小遣い制であまり自由に使えないのはわかるが本当に現金なやつだ。
「いいぞ、ほら、好きなもの頼め」
　俺はメニューを緒花の目の前に滑らせてやる。が、緒花がそれを取ろうとする前にまた引っ込めた。

「あーっ！　なんでいっつもそういうイジワルするのー！　もー、おにーちゃんのばか！」
「わかってるだろ。することをした後でだぞ……ぐふっ」
思わずいやらしい笑いが漏れてしまったが。
「……もー、しょうがないなぁ……おにーちゃんはぁ♪　カラオケでするとかー、ありえないんですけどぉー……」
言いながらも緒花は熱っぽい視線を向けてくる。今までたっぷり交わってきたせいか、俺の言葉ひとつですぐにスイッチが入ってしまう。なかなか都合のいい妹になってきた。
「あはっ、今日はなんの特訓するの？　痛いのじゃないよねぇ？」
「ぐふっ、もちろん……今日はとっても気持ちいい穴を開発してやろうと思ってな。じゃ、まずはこれをつけろ」

「じゅぶっ……んふっ……じゅちゅっ……ちゅっ……♪」
「おお、いいぞぉ……上手くなったなぁ緒花」
壁の向こうからジャカジャカとやかましい音が聞こえる中、ゆったりとした快感に浸る。リア充どもの憩いの場所だ。そして俺の足元には制服姿の妹。
学校帰りの女子学生と二人でカラオケに入ってフェラチオなんて、まるで小遣いを渡す代わりにビッチを買ってるようで、あらためて燃えるシチュエーションだ。
「んふー、そうれひょ？　ちゅっ、ちゅっ、ちゅっ……ぷはっ……はむっ……じゅるっ、じゅぷっ……♪」
「緒花、ちょっとこっち向いてみろ」
「じゅるっ……んんー？」
そっと顎を持ち上げると、何か用？　といった感じで緒花が目線を向けてくる。もちろん、その間もフェラチオは続行中だ。初めての頃のような拒否反応はどこにもなく、むしろうっとりとした表情で俺の勃起ペニスを舐めしゃぶっている。
「ぐふふ、美味そうにしゃぶるようになったじゃないか」
「らってぇ……じゅるっ、じゅぷっ……これ、おいひーんらもん……♪」
「そうかそうか。最初の頃からは考えられないな」
「んふふー……じゅるっ、じゅぷっ……わらひ、頑張ってりゅれひょー……？」
「ああ、ずいぶんと成長したもんだ。結構小悪魔に近づいてるんじゃないか」
実際は小悪魔というよりはビッチとしてだが。しかしこれも小悪魔ガールになるための特訓だと信じて疑わないのが緒花だ。現に、俺に褒められて嬉しそうに目を細めている。
「わらひ、これスキになっひゃっらかも……っ、じゅるっ、じゅっ……おいひーのが濃くなゆの、たのひー……」
「そうかそうか、これからも頑張ろうな？」
「ふぁーい……じゅぷっ、じゅっ……じゅるるぅっ……」
話が途切れたところで、緒花が再びフェラに集中し始める。

「じゅるっ、ちゅっ……レロレロ、んふぅっ……ちゅぱっ、じゅるっ……」

口いっぱいに俺の肉棒を頬張り、ねろねろと舌を絡ませてくる。覚えたての頃は時々歯を立てていたが、今では完全に自分の口を快楽を与えるための道具に変えている。

「くっ、おお……ぐふふっ、堪らんなぁ……」

天井を見上げながら、緒花の口奉仕に身を任せていく。射精には至らないがゆったりとした性感が心地よい。

それにしても、本当に変わったもんだ。元々性行為の快感にハマっていたとはいえ、短期間でここまでになるとはな。いや、正しくは変わったんじゃなく俺が変えたのか。ハメまくって、ただの無邪気なバカでしかなかった妹をここまでビッチに変えてやったんだ。
そう考えると、胸に熱くどす黒い達成感が広がっていく。もちろん、まだまだこの程度では終わらない。いつか緒花が他の男にかっ攫われるまでは、俺専用のオナホとしてたっぷり楽しませてもらうつもりだった。例え奪われたとしても、そいつが緒花を楽しんだ時、それは全て俺が仕込んだものなのだ。そう思うと、未来に対しての征服感のようなものも満たされる。そんなことを考えていると。
「んふぅ……じゅる、ちゅっ……おいひー……けどぉ、じゅぷっ、レロレロ……ちゅっ、ちゅるるっ……おにーちゃんっ、んっ……おひりが……」
緒花が、俺のモノを咥えながら尻をもじもじとくねらせている。さっき渡したアレで気が散るようになってきたみたいだな。そろそろ終わらせてやるか。
「おい、緒花」
「じゅるっ、じゅぷっ……んんー？」
緒花はしゃぶりながら顔を上げる。
「そろそろ出してやる。顔か口、どこがいい？」
聞きながら、尻に力を入れて肉棒をビクッと動かしてやった。勃起した俺のペニスの脈動を口内で感じたのか、緒花の表情がさらにトロンと蕩ける。射精が近づくともうこんな反応をするようになっているんだからな。緒花は一瞬考えるような素振りを見せた後。
「じゅるっ、じゅっ……今日は、おくひがいい……♪」
「よぉし、いいだろう。しっかり吸いついておけよ？」
「んっ……はーい♪　じゅるっ、じゅるるるるっ……♪」
緒花が、唇が軽く伸びるほどに強めに吸いついてくる。同時に顔を振り、俺の勃起にストローク刺激を与えてきた。
それを確認して、俺は緒花の頭をしっかりと掴み直す。
「んぐぅっ……!?　んぶっ、じゅぶっ、じゅぼっ……んんぐぅっ……！」
緒花が苦しげな声を上げるが、俺は構わず小さな頭を引き寄せ自らも腰を動かす。緒花の喉奥深くまでズブリと亀頭を潜り込ませ、小刻みな動きで擦りつけていった。
「じゅるっ、じゅずっ、じゅぼっ……！　じゅぞぞっ、じゅるるっ、じゅるるっ……！」
「おおっ、いい吸いつきだっ……くぅぅっ！」
緒花ももう慣れたもので、かなり強烈に吸いついてくる。喉奥を抉られているからか唾液が滝のようにボタボタと垂れ落ちているが、それを嫌がるような素振りもない。
むしろ口腔内はどんどん熱くなり、緒花の方も盛り上がっているのがはっきりと伝わってくる。緒花は、この俺にイラマチオされながら興奮しているのだ。
「じゅるるっ、じゅるるぅっ……！　んぐっ、じゅぞっ、じゅりゅぅっ……！」
「はぁっ、はぁっ……！　緒花、そろそろ出すぞっ……！」

緒花の口奉仕に俺も昂ぶり、腰の奥に溜まり始めたマグマはもう出口を探して噴き上がろうとしていた。
「ひーよっ、いつれも、らひてぇっ……！　じゅるっ、じゅるるっ、じゅりゅぅっ……！」
「おおっ、おっ、おおおおぉっ……！」
さらにペースを上げて、緒花の喉奥を強く突いていく。腰から始まって全身に広がっていくゾクゾクとした淡い痺れ。ドロリとした濃厚な奔流が、肉棒の中を駆け上がっていく。
「はぁっ、はぁっ……！　いくぞっ……！　最後に、もっと強く吸いつけっ……！」
「じゅるるるっ！　じゅぶっ、じゅちゅるるるぅっ！　じゅぞっ、じゅるるっ、じゅるるるるぅぅぅっ……！」
俺の要求に素直に応え、緒花は口の中の空気を抜いてさらに粘膜を密着させてくる。
「いいぞ、いいぞっ……あっ、あっ、あぁぁぁあっ……出るぅっ！」
緒花の頭を限界まで引き寄せ、喉奥にまで亀頭を潜り込ませたままザーメンを解き放つ。
ビュクッ、ドクドクッ、ドプドプッ……！
「んんんぶっ⁉　んんんんんんぅぅぅーっ……！」
俺の白濁を喉奥深くで浴び、くぐもった悲鳴を上げる緒花。
「くぅっ……いいぞっ、全部飲めよっ……どろどろのを出してやるからなっ」
緒花との特訓が始まってからというもの亜鉛やマグネシウムといったサプリをしっかり摂っているおかげで、量も濃さも充分すぎるほどだ。緒花の口内では収まりきらず、その

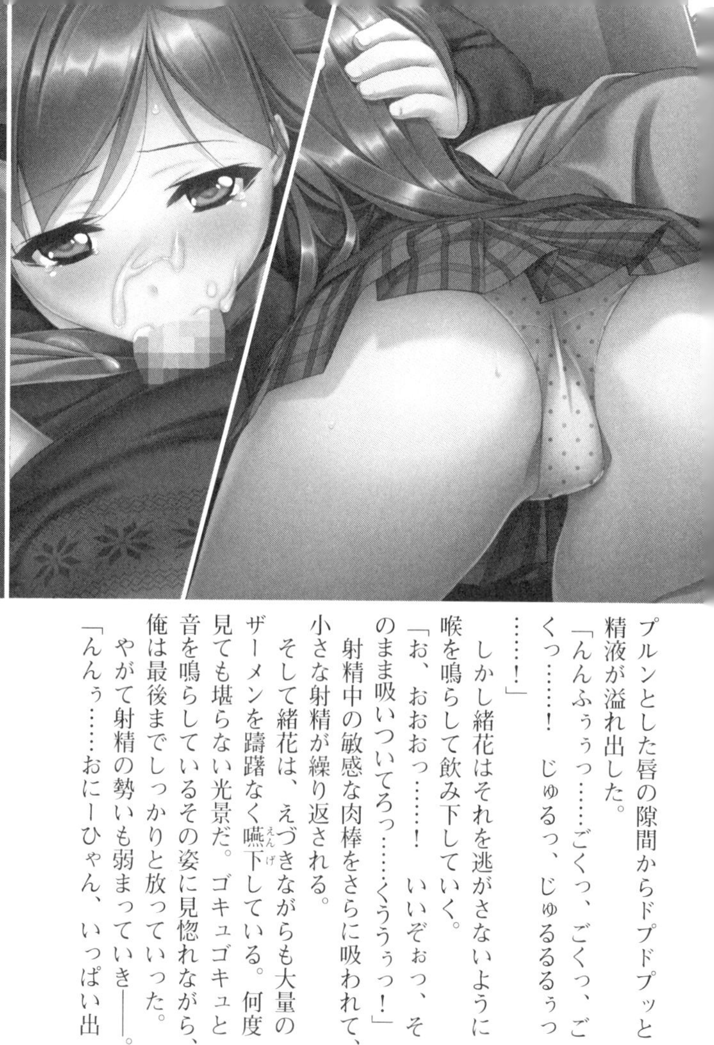

プルンとした唇の隙間からドプドプッと精液が溢れ出した。
「んんふぅぅっ……ごくっ、ごくっ、ごくっ……！　じゅるっ、じゅるるるぅっ……！」
しかし緒花はそれを逃がさないように喉を鳴らして飲み下していく。
「お、おおおっ……！　いいぞぉっ、そのまま吸いついてろっ……くううぅっ！」
射精中の敏感な肉棒をさらに吸われて、小さな射精が繰り返される。
そして緒花は、えづきながらも大量のザーメンを躊躇なく嚥下している。何度見ても堪らない光景だ。ゴキュゴキュと音を鳴らしているその姿に見惚れながら、俺は最後までしっかりと放っていった。
やがて射精の勢いも弱まっていき――。
「んんぅ……おにーひゃん、いっぱい出

ひゃったね……♪」

ごくっ、と最後の一滴を飲み下した緒花が嬉しそうな声を出す。最初はあれだけ嫌がっていた精液をずいぶん美味そうに飲むようになったものだ。性感だけでなく、ある意味で味覚までも学習させたことになる。

「はぁ、はぁ……ああ、緒花が上手だからな」

「んふふー……♪　それじゃ、おそーじすゆね……じゅるっ、レロレロ、じゅぷぷっ……」

イッたばかりの肉棒に吸いつきながら、ネットリとしたお掃除フェラを始める緒花。ザーメンの味と匂いですっかりスイッチが入ったのか、潤んだ瞳は俺を見つめたままだ。

「おお、いいぞぉ……はぁ、はぁ……」

射精直後の敏感な肉棒へのねっとりした刺激に加えて、緒花の年齢に似合わない艶めかしい瞳が俺の本能を刺激する。射精後の脱力で萎えかけていたペニスはあっという間に元気を取り戻していく。

「んんぅ……じゅるっ……じゅちゅっ……おにーひゃんの、カチカチになっらよぉ……」

緒花は粘液でどろどろになった俺の肉棒に舌を這わせながら、愛おしげに撫で回す。

「まだこんなものじゃ足りないからな。それじゃ……今日のお楽しみだ。その邪魔な布切れを脱いでテーブルに乗れ」

「ん、ふぁーい……♪」

肉棒から口を放した緒花が、俺の命令に素直に従ってテーブルの上へと移動する。

そのままスルスルとパンツを下ろし、俺に尻を向けた格好でしゃがみ込んだ。
「はい、おにーちゃん……ちゃんと見えてるー……？」
「ああ、バッチリだ」
ちょうど和式便所で用を足すような感じでテーブルの上にしゃがみ込む緒花。
俺の位置から、緒花の大事なところが丸見えだ。やはり俺のを咥えているだけで相当興奮していたようで、秘部は愛液が滴るほどに濡れ、太股にとろとろと垂れている。そのワレメは相変わらず非常に美味そうだが、しかし今回のメインディッシュはそっちではない。
調教中のもうひとつの穴の方だ。
「えへへ、結構入るようになったでしょー……♪」
緒花のアナルには、極太のアナルパールが取っ手の部分まで全て入っている。口で奉仕をさせる前、入れてやったものだ。緒花の括約筋はすっかり柔軟さを得てきたようで、この体勢になった時点で早くも柄の部分がぬらついていた。それでも、ここにくるまではかなりかかった。最初は『痛い』だの『汚い』だのいろいろ抵抗されたものだ。
「どうだ、かなり慣れたか？」
俺はその取っ手の部分をつん、とつついてやる。
「あっ……うん、まだちょっと苦しーけど……けっこー慣れた……♪」
「そうか、まぁ毎日やってるからなぁ……ぐふふっ」
そろそろアヌスのヴァージンも奪ってやろうと思い、毎日少しずつほぐしてきたのだが今日こそいただくことができそうだ。しかし、あまり急いではならない。
「さぁ、今日もいつものをやろうか」
「はーい……♪　それじゃ、しっかり見ててねー……？」
「ああ、バッチリだ」
見てるどころか、動画撮影の準備も終えている。俺がスマホを構えているのを確認し、緒花はゆっくりとその身体に力を入れた。
「んんっ……！」
緒花が微かにいきむような声を出すと、最初にずるっ、とアナルパールの取っ手部分がヌルンと押し出される。
「よしよし、出てきたぞぉ」
俺は緒花が目の前でいきんでは休み、またいきんで少しずつアナルパールをひり出していく様子を観察する。
(うむ……なかなかいいな……)
二次元ならスカトロ余裕な俺でも、さすがに目の前にブツを出されたら萎える自信がある。そこで、わざわざアナルパールを買ってきて、これも小悪魔ガールに必須だと緒花を騙して疑似脱糞プレイを納得させたのだ。
「さぁ、大変なのはここからだぞ」
そしてクライマックス。俺は顔を近づけて、その瞬間を見逃すまいと間近で撮影する。

「わ、わかってるっ……んんっ……っはぁっ、はぁっ……んんっ、んんぅっ……！」
緒花が力むたびに肛門がプクッ、プクッ、と膨らみ、くすんだ色をした皺穴からむりっ、と玉が出てくる。最初はこの行為を恥ずかしがっていた緒花だが、すでに慣れたものでケツ穴を晒すことに躊躇はない。俺に間近で見られているにも関わらず、腸内のモノをひり出そうとアヌスをヒクつかせている妹の姿。堪らないほど興奮してしまう。
「はぁ、はぁ……いいぞぉ緒花……」
「んんーっ！　はぁっ、はぁっ……あと、ちょっとぉっ……んんっ、んくぅぅっ……！」
俺の言葉に勇気づけられたのか、ひときわ強く緒花が力む。それと同時に、ググッと肛門が広がっていき――。
ブリッ、ブリッ、ブリッ……と緒花のアヌスが広がり、球体状の物体が姿を現す。
「んっ、んうぅんっ……!?　で、たぁっ……はぁっ、はぁっ、んんぅっ……！」
緒花の肛門からひり出された球状の物体は腸液で濡れ、しばらく腸内で温められていたからかホカホカとしており、ほどよく臭う。他の女なら願い下げな光景だが、妹の腸内臭だと思うとまったく嫌じゃない。むしろ、もっと嗅ぎたいくらいだ。
「ほら、今日こそ全部出しきるぞ。頑張れ」
「う、うんっ……はぁっ、はぁっ……んんっ……！　んんんーっ……！」
再び、緒花のアヌスがプクップクッと膨らみ出す。
毎日のように繰り返している行為だが、いつもここでギブアップして俺が引き抜いてやってきた。しかし、今回は調子がよさそうだ。

「んっ……んぅぅっ！　んくぅぅっ……！　ふぅっ……ふぅっ……！」

後少し、後少し、という感じを何度か繰り返して、そこから一気にググッと肛門が広がっていき――。

ブリッ！　ブリブリブリッ！　ボトッ、コロコロ……。

「はぁぁぁっ……♪　はぁっ、はぁっ、はぁっ……やっと、出たぁぁ……♪」

達成感からか緒花が嬉しそうな声を上げる。何しろ今日初めてのことなのだ。こいつにとってはまたひとつ小悪魔へのステップアップをしたということなのだろう。そして俺も。

「ぐふふっ、よくやったぞぉ緒花……！」

排泄されたアナルパールから香ってくる腸液の匂いを嗅ぎながら、ニタリと笑みを浮かべてしまう。今回もまた、素晴らしい映像が撮れた。

極太のモノをブリブリとひり出したばかりの妹アヌスも、目標を達成できて嬉しそうにヒクヒクと震えている。

「どうだ、気持ちよかっただろう？」

「えーとぉ、んー、わかんないケドぉ……でも、ブリブリって出してる時すっごいゾクゾクしたぁ……」

「うむ、それくらい慣れれば大丈夫だな……じゃあ、後はわかるな？」

俺は立ち上がり、ギンギンにそそり立った怒張を緒花に見せつける。

「あ、おにーちゃん、それ……」
その意図を察したのか、緒花は俺の股間を見てゴクッと喉を鳴らしたかと思うと。
「はぁ、はぁ……わたし、ついにお尻でしちゃうんだぁ……♪」
既に俺のものを肛門に入れるところを想像しているのか、ぶるぶるっ、と震える。
「ああ、ほらもっとケツ上げろ」
「はーい……♪　ヤバい、チョードキドキするー……♪」
指示に従い、少しだけ緒花がケツを上げ、嬉しそうな声を上げる。
俺も腰を落とし、亀頭の先端を緒花のアヌスに押し当て——一気に押し込んだ。
緒花の肛門がみちみちっ、と苦しそうに広がり、俺の先端を飲み込む。
「ひあぁっ……!?　あっ、あぁぁあっ……！」
「おおっ、くっ……キツっ……！」
肉棒を埋めた瞬間、ギチッと圧迫される。このために日数をかけてしっかりほぐしたとはいえ、まだ余裕はないようだ。
「はぁっ、はぁっ……おにーちゃんっ、コレ、ちょっと苦しーかもぉっ……」
「すぐ慣れるだろうから、我慢しろっ」
かなりキツイが入らないというわけではないので、ぐいぐいと力ずくで押し入っていき、どうにかこうにか、根元まで埋めることができた。
「緒花……全部、入ったぞ……お前の、ケツの穴に……っ」

「んっ……うんっ、わかるよ……おにーちゃんのっ、はいってるぅ……はひっ」
この狭さが、緒花のアヌス。俺はじっくりとその感触を味わう。入り口は狭いが、中はほぼつるつるで、緒花の体温が熱いくらいに伝わってくる。
「じゃあ、動くぞ……っ」
俺はさっそくとばかりに、ゆっくりと腰を動かし始める。抽送に合わせひきつれた肛門が外に内にとめくれ返る様子はなかなか堪らない光景だが、すぐに緒花が悲鳴を上げる。
「んぁっ、ふぁぁっ……おにーちゃん、まだダメぇっ……はぁっ、あぁっ……マジで、苦しーからぁっ……」
「力が入ってるから苦しいんだよ。もっと力を抜けっ」
「そんなコト、言われてもぉっ……ひあっ、あぅああっ……お尻、勝手に力が入っちゃうぅっ……あっ、ぁぁっ、ひっ、ひっ、ふぅー……ひっ、ひっ、ふぅー」
どうやら緒花なりに力を抜こうとしているようだが、いっこうに緩む気配がない。
「チッ、仕方ないな……」
あまり無理をさせて、括約筋が切れても困る。物理的に広げてやった方がいいだろう。出し入れに少しずつ円を描くような動きを加えていく。最初は小さく、それから段々と大きな円を描くように。
「んはぁぁっ……！　おにーちゃんっ、それっ、キツイぃっ……！　うあっぁぁっ……！」
「すぐに慣れるから、我慢しろっ」

「ガマンって、言われてもぉっ……！　ふあっ、んあっ……こんなの、お尻こわれちゃうよぉっ……やっ、あぁぁっ……！」

抜き差ししながら、ギチッとしたアヌスを支点にして腸内をグリグリとかき混ぜてやる。苦しがってはいるが、これまで数日かけてじっくりと慣れさせてきてやったんだから、こうしていればすぐに適応できるはず。

そう信じて続けていると、案の定、緒花の様子はすぐに変わってきた。

「はぁっ、あぁっ、なにこれぇっ、あっ……なんか、お尻おかしいっ……あっ？　あぁっ」

先ほどの息を詰まらせるような喘ぎ声とは違う、ふうふうと熱のこもった喘ぎだ。

「どうだ、気持ちよくなってきただろう？」

「きもちいーって、ゆーかっ……んあっ、あぁっ……なんか、ヘンな感じになってるぅっ……ふあっ、ひぁっ……」

「それが、アナルセックスの快感なんだよ」

「よく、わかんないぃっ……ひぁっ、ああんっ……わかんないけど、ゾクゾクするぅっ……あっ、あぁっ……」

最初は自分自身の反応に戸惑っている緒花だったが、動けば動くほどに、反応はよくなっていく。俺のものを締めつける肛門もだいぶほぐれている。これならもっと動いても大丈夫だろう。

「よぉし、そろそろ激しくいくぞっ」

言うなり俺は激しいピストンを始めた。緒花の腰のくびれを掴んで強引に腸内に剛直を出し入れする。

「ひぁぁんっ……⁉　そんなっ、いきなり強いぃっ……あんっ、あっ、あぁんっ……！」

緒花は一瞬悲鳴を上げたが、抽送のペースを速めたとたんに、艶っぽい声を上げ始める。丸見えになっている尻にブワァッと鳥肌が広がった。

「どうだ緒花っ、痛くないかっ！」

「わかんない、のぉっ……！　お尻、ズブズブってされるたびにっ、ゾクゾクきてぇっ……あんっ、あぁんっ……！　アタマ、おかしくなるぅっ……！」

「よぉし、大丈夫そうだなっ！」

緒花の反応を見つつ、さらに抽送を激しくしていくが、それに応えるように緒花の反応もどんどん過激になっていく。

「あぁんっ、ダメっ、ダメぇっ……！　あんっ、あぁんっ……！　お尻ヤバイっ、お尻っ、お尻ぃいっ……！　ああっ、あんっ、あぁあんっ……！」

「ぐふふっ、いい乱れっぷりじゃないかっ！　ほらっ！」

しゃがんでいる緒花の身体が弾むほどの勢いで、腰を叩きつける。

「ひぁああんっ……⁉　そんなっ、深っ、いぃっ……！　あぁあっ、ふぁぁあっ、んあぁあっ……！」

緒花は半ば悲鳴のような嬌声に喉を震わせる。ここがカラオケボックスでよかった。

摩擦と互いの分泌液でニュルニュルになった肛門肉は竿にほどよく絡み、膣では味わえない快感を生んでいく。これが、アナルセックスなのか。排泄口を本来の用途とは違う使い方をしているという背徳感もあり、俺もどんどん高まっていく。
「ひぁんっ、あん、あぁあんっ……！　おにーちゃんっ、これっ、これダメだってぇっ……あんっ、あぁっ……！　ゼッタイ、お尻ヘンになるぅっ……！」
「いいじゃないか、変になっちまえよっ！」
「そんなぁっ、だって、こんなの覚えちゃったらっ、あぁんっ……！　わたしっ、トイレするたびに思い出しちゃうよぉっ……！　あっ、あっ、あぁぁっ……！」
イヤイヤと顔を横に振りながら悶える緒花。しかしその言葉とは裏腹に、その尻は俺の抽送に合わせて自ら上下に弾んでいる。本人は気づいていないみたいだが、身体は、より強い快感を欲しがっているのだ。
「ほらっ、それならここはどうだっ！」
腰の角度を変え、奥の方を亀頭で抉ってやった途端。
「ひぁぁああんっ……!?　おにーちゃっ、そこっ……ごりごりしたらっ……はひっ、ヘンになっちゃう！」
緒花の身体が大きく跳ねた。腸壁の向こうにある子宮、そこを狙って突いてやったのだ。
「どうだ、ここをゴリゴリされるといいだろうっ？　もっといくぞっ！」
「あぁんっ、そこっ、そこヤバイぃっ……！　ああんっ、あはぁんっ……！　お尻、ホントにヤバイってぇぇっ……！」
　緒花の乱れっぷりが、さらに激しさを増す。肛門は嬉しそうにひくつき、まるで甘噛みするかのようにきゅっ、きゅっ、と断続的に俺のモノを締めつけてくる。
　そして本来性行為に使うはずの場所からはドロドロの本気汁が溢れ、テーブルに小さな水溜まりすら作っている。
「らめっ、もうらめぇっ……あんっ、きゃぁあんっ！　お尻なのにっ、わたしっ、イッちゃいそうぅっ……！」
「いいぞ、イッちまえ！」
　切羽詰まった声を上げる緒花の絶頂に合わせるべく、さらにペースを上げる。緒花の腰を捕まえ、めちゃくちゃな出し入れで肛門をかき回した。
「ひあぁあんっ!?　そんなっ、もっと強くするなんてぇっ！　あんっ、あぁあっ、きゃぁあんっ、あはぁぁあんっ！」
　剛直で腸内を抉るたびに緒花の喘ぎ声のトーンが上がっていく。それに煽られるように俺の限界もぐいぐいせり上がってきた。
「いつでもイっていいぞっ、こっちも出してやるからなっ！」
「そんなぁっ！　そんなのらめぇっ！　あんっ、あぁんっ！　わたしっ、ホントにお尻がばかになっちゃうぅっ！」
「バカになっていいんだよ！　ほらイケっ！」

パシンッと尻を叩いてやる。
「ひんんっ！」
それで耐えることを諦めたのか、緒花はガクガクとした痙攣を一気に強くしていき、肛門がぎちっ、ぎちっ、と収縮を始める。そして。
「んはぁあっ、あんっ、あぁぁああんっ！　あああっ、イクッ、イクイクイクイクイクぅぅぅぅぅうっ！」
イキ声とともに肛門が俺の肉棒を引きちぎらんばかりに締めつけてきた。
「ぐぅっ、うううぅぅっ！　きつっ……俺も、出すぞっ！」
緒花が大きな声を上げるのと同時、しっかり根元まで挿し込んで盛大に射精してやる。
ビュククッ、ドクドクドクッ、ドププッ……！
我ながら凄い勢いと量で、熱いものがびゅーっと緒花の尻穴に噴出していくのがわかる。
「あぁあっ……！　お尻の中、おにーちゃんの熱いのがビューッて出てりゅぅぅっ……！
あっ、あああぁぁあっ……！」
腸奥にザーメンがまき散らすたび、緒花はガクガクと震える。
俺はそんな緒花の腸内深くに肉棒を突き込んだまま、ペニスのつけ根に力を込めて強引に牡精を吐き出していく。
「ひあぁんっ……!?　そんなに出すのらめぇっ、またイッちゃうっ、イクっ、あっ、あぁぁぁぁあっ……！」

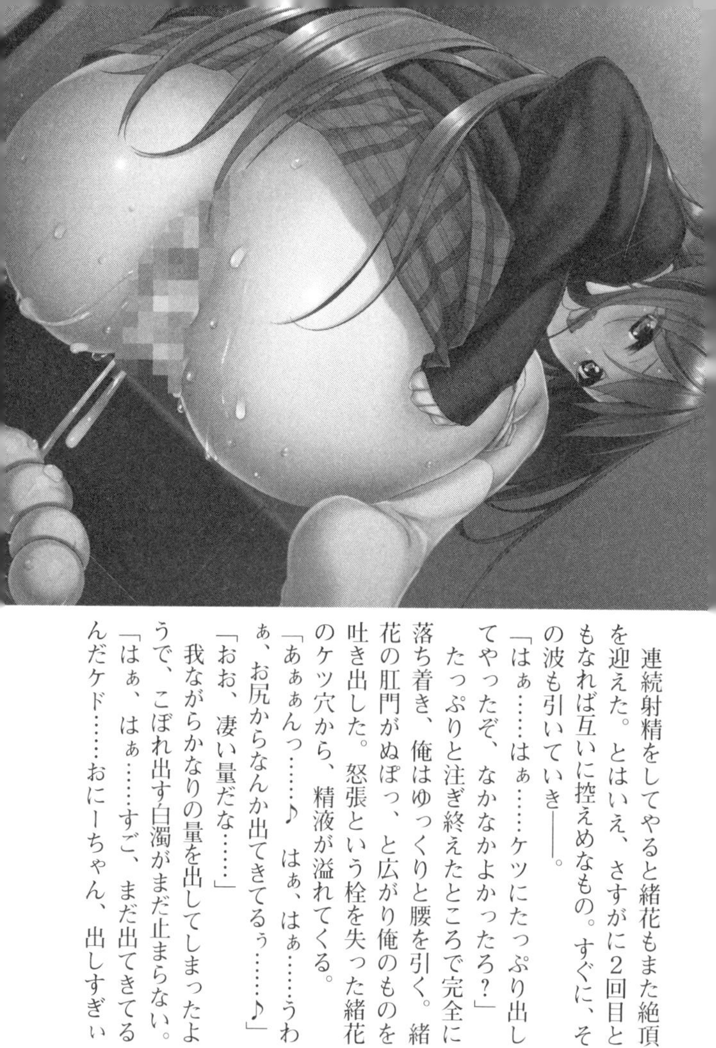

　連続射精をしてやると緒花もまた絶頂を迎えた。とはいえ、さすがに2回目ともなれば互いに控えめなもの。すぐに、その波も引いていき――。
「はぁ……はぁ……ケツにたっぷり出してやったぞ、なかなかよかったろ？」
　たっぷりと注ぎ終えたところで完全に落ち着き、俺はゆっくりと腰を引く。緒花の肛門がぬぽっ、と広がり俺のものを吐き出した。怒張という栓を失った緒花のケツ穴から、精液が溢れてくる。
「あぁぁんっ……♪　はぁ、はぁ……うわぁ、お尻からなんか出てきてるぅ……♪」
「おお、凄い量だな……」
　我ながらかなりの量を出してしまったようで、こぼれ出す白濁がまだ止まらない。
「はぁ、はぁ……すご、まだ出てきてるんだケド……おにーちゃん、出しすぎぃ……♪」

「ぐふふっ、まぁな。緒花くらいの歳のガキじゃこうはいかないぞ」

ザーメンの量に誇らしい気分になりながら、スマホを手に取る。もちろん、初アナルセックスの記念撮影のためだ。

「緒花、ケツ上げろ」

「んっ……はーい♪」

緒花が尻を上げて、ぽっかりと広がったアヌスを見せつける。そして俺はそれを撮影し、未だにヒクついている肛門を眺めながら、満足感に浸る。

これで、思いつく限りの緒花の初めては俺がもらった。初アナルは少しばかり時間はかかったが。これで他の男には緒花の初アナルを奪うこともできなくなったわけだ。

「さて、こんなものか」

いろいろと飛び散っていた汚れを拭い終え、ようやくひと息つく。自分でも知らず知らずのうちにテンションが上がっていたのか、思ったより後片づけが大変だった。

「緒花、もう大丈夫か？」

「ううー、なんかまだお尻がヘンな感じするー……」

身だしなみを整えた緒花は若干内股気味で尻を押さえている。これは家に帰る前に親父への言い訳を教えておいた方がいいだろうが。

「まぁ、すぐに治るだろ」

とはいえ薬も揃えてあるし、アフターケアをしてまだまだ楽しませてもらうつもりだ。

緒花は俺の言葉に若干不服そうだったが、すぐにころっと態度を変える。

「でもでも、これでまた小悪魔ガールに近づいたよねっ♪」

「ああ、そうだな。よく頑張ってると思うぞ」

「んふふー、まぁねー♪」

嬉しそうに、にこにこと笑う緒花。まさか俺に騙されているとは思ってもいない、純粋な笑顔だ。そんな緒花を見て、俺は——やはり可愛いやつだと思ってしまった。

緒花を騙して性欲処理をさせている俺だが、それ以外の日常的な面でもコイツの明るさに助けられている。そのうち何か好きなものでも買ってやってもいいかもしれないな。まぁ、それも今すぐというわけではないが。

そんなことを考えていると——。

「おにーちゃん、まだ時間あるけどなに歌うー？」

「……あん？」

考えごとをしているところに声をかけられ、呆けた声が出てしまった。

「歌うって何だよ、さっさと帰るぞ」

「せっかくカラオケきたんだし歌おーよっ！　お金出してくれるっていったじゃん！」

「え？　まあ、言ったけど……今日はもう帰って——」

「いーからいーからっ、わたしいつものアレ歌おーっとっ……あ、飲み物も注文してねー、クリームソーダっ！」

俺の返事を待たずに緒花はさっさと曲検索用の端末を操作している。

「まあ、いいか……1時間だけだぞ」

俺もさっきの行為で少し疲れているし、休憩がてらたまには妹につき合ってやるのもいいが、セックス後にこれとは。小さな身体をして妹のどこにこんな体力があったのかと驚かずにはいられなかった。

その日の夜――。

「うー……ヒックっ。あぁー、ハナは可愛いなぁー……世界一可愛いなぁー……」

「もー、パパお酒くさーいっ」

頬を擦り寄せてくる親父を手で突き放しながら緒花はくすぐったそうな声を上げる。そんなに嫌がってはいないみたいだが、親父はキャバクラか何かだと思ってるのか？

「そうかそうかぁ、ハナもそう思うかぁ。お、何だ耕一郎グラス空いてるじゃないか」

「もう要らないって……ああ、もう、勝手に注ぐなよ」

親父がビール瓶を差し出してくると反射的にグラスを差し出してしまう。

夜、とっくに夕飯を終えていつもなら部屋でゆっくりしているような時間。俺と緒花は、珍しいことに親父の晩酌につき合わされていた。どうやら今日は会社の忘年会でいろいろ愚痴を言い合ったものの、溜まりに溜まった鬱憤がまだ残っているらしく俺達が聞かされることになっていた。それでも、普段ほとんど愚痴を言わない親父だ。俺達も聞いてやるのが我が家の決まりごとになっていた。接待のようなものだ。

「息子のいいとこ見てみたい！　ほーら一気！　一気！」

「あーもう、飲めばいいんだろ飲めばっ……んぐっ、んぐっ……ぷはっ！　飲んだぞ」

タンッ、と音を立ててグラスを机に置いた時。緒花がじっと俺の飲みっぷりを見ているのに気づいた。

「いいなぁー、なんかちょっとおいしそー……」

「そうか、そうかー、ハナも飲みたいかー……ほれっ」

「おい、お前はダメだぞ、親父も飲ませるな！」

さりげなく自分のグラスを寄せてくる緒花に親父がビールを注ぎそうになり、俺は慌てて緒花のグラスを手で塞ぐ。

「えー！　いーじゃん、ちょっとくらいっ」

「ダメだ。絶対ダメ」

「パパー、おにーちゃんがイジワルするーっ！　わたしもちょっとだけお酒飲んでもいーでしょぉー？」

「そうだなぁ、ハナの可愛さは世界一じゃなくて宇宙一かもしれないなぁ……ヒック」

「やったーっ、じゃー飲んでみるねっ」

親父の手からそっとビール瓶を抜き取った緒花は自分のグラスにたどたどしくビールを注ごうとするが。

「おい、親父は何も言ってないだろうがっ」

慌てて緒花からビールとグラスを没収する。

後でバレたら、親父から怒られるのは必至だし、こいつが酒を飲むとどうなるかわからない。そのままぐーぐー寝るだけならいいが、ただでさえ脳味噌直結型の行動に拍車がかかるかもしれない。そうなると親父以外に酔っ払っている人間が増えて俺の面倒が二倍だ。

「緒花、お前はもう戻ってろ。親父の相手は俺がするから」

「はーい……ちぇっ、飲んでみたかったなー……」

渋々といった感じで、緒花がリビングを出ていく。まああれくらいの歳になると大人が飲んだり食べたりしているものに異常に興味を示すからな。後は親父だが。

「そうだ耕一郎ぉ、お前、最近何やらいろいろと動いてるようじゃないか。んん?」

机に突っ伏している親父が何やらごにょごにょと言っている。

「っ⁉　な、何の話だ?」

いきなりの話題に、思わず声が上ずってしまった。確かに、緒花とのプレイを楽しむために必要な買い物に出たりはしていたが。

まさか……どこかから、緒花とのことがバレたのか?

「それで、目ぼしいところは見つかったかぁ?」

「……め、目ぼしいところ？」
「そろそろ社会復帰するために動いてるんだろぉ？　アルバイトでもいいから探すのは大事なことだ……ヒック」
「あ、ああ……そういうことか」
「もう、父さん嬉しくて嬉しくてなぁ……ヒック。明日もあるけど今日は飲むぞー！　んぐっ、ごくっ、ごくっ……！」
　どうやら、親父は何か勘違いをしているだけのようだ。なるほど、今日はいつになく飲むと思ったがそういう理由だったのか。しかしこれでは、後はひとりでどうぞとはいかなくなった。まだまだ働く気のないニートの俺ではあるが、空気くらいは読める。
「ほら、お前も飲まんかっ」
　がばっ、と起き上がった親父がグラスを突きつけてくる。
「ああもう、わかったよ」
　面倒だが仕方がない、こうなったらさっさと酔い潰して転がしておこう。渋々親父からグラスを受け取り、長い戦いに向けて覚悟を決めた。
「ううー……ヒック、飲みすぎた……」
　ようやく親父を酔い潰すことに成功して、部屋まで戻ってきた。
　思いの外しぶとくて、俺まですっかり酔ってしまった。フラフラしながら時計を見れば、時刻は日付が変わったところ。いつもなら、そろそろ緒花とエロいことを始めるんだが。
「ああ、もうダメだぁ……寝る」
こんな状態で、エロいことなんざできるわけもない。もう、今日は寝てしまおう。半ば倒れ込むようにベッドに横たわった。
「ぐーっ……ぐがーっ……」
ぎしっ、と何かがベッドに乗ってくるが眠気の方が勝っている。面倒なのでそのままにしておくことした。しかしその何かはごそごそもぞもぞと動き——。
「ぐごっ……んん……うう……？」
妙に寒い。布団をはぎ取られたのか？　何だ？　しかし起きるのも面倒だ。どうせ酔っ払って脳が変な妄想でもしているんだ。それにしては下腹部がムズムズするような。と思った瞬間、ずしっ、と何かが腹に乗っかってきた。
「げふっ？」
妙な息が漏れ慌てて目を覚ますと。
「あー、おにーちゃん起きたぁー♪　おはよぉー♪」
「……は？」
とっさにその光景を理解できず、固まってしまう。なぜか俺の服が剥かれていて、そしてチアガール衣装の緒花が腰に乗っていた。
「お、おいっ……お前、何やってんだっ？」

「だーってぇー、今日まだ夜のトックンしてないよぉー？」
　真っ赤な顔でエロい笑みを浮かべた緒花が、ズイッと俺に顔を近づけて――。
「って、酒くさっ⁉」
「えー、なぁーにがぁー？　わたし、わかんなーいっ♪」
　緒花が楽しそうに笑うと、酒の匂いがぷーんと香ってくる。
「お前、こっそり飲んだだろ……」
「えー？　わかんなぁーい♪　全然飲んでないよぉーだ！」
「……」
　どう考えても飲んでいる。それもかなりの量だ――酒を飲めない緒花にしては、という意味でだが。親父を酔い潰した後リビングを片づけてないし、残っていた酒をこっそり飲んだのだろう。しかし、これはやばい。片づけていないのは俺の責任だし、明日親父に何を言われるか。そんなことを考えていると。
「ねぇー、エッチのトックンしよぉーよぉー♪」
　そういえばコイツ、チアガール部に入ってるんだったな。家ではこの恰好を見たことがないし、俺だってこんなふうに迫られたら、いつもならめちゃくちゃにしてやっているところだ。いつもなら。しかし、緒花がいくら腰を振っても。
「い、いや……まだ酒が残っててな……勃ちそうにない」
　我ながら情けない言葉だと思ったが。

「だいじょーぶだってぇー……エッチしよぉーよぉー、ほらほらぁー……」
緒花が股を俺のモノに押しつけてくる。下着をつけているにしてはぬるっ、ぬるっ、と擦れ合う。この感触、まさかコイツ穿いてないのか。
「というか、何なんだよその格好は……」
「だって、オトコの人ってこーゆーの好きなんでしょぉー？　学校でも、みーんなエッチな目で見てくるしぃー♪」
「そりゃ、好きかどうかと言えば好きだが……」
何しろチアガール部といえば他の部に比べて露出も多いし、大股開くしで、男子の好きな部活トップ3に入るだろう。
「でしょぉー？　この格好でエッチさせたげるからぁー、トックンしよぉー？」
「いや、だからな……」
せっかくの申し出だが、酒が残りすぎててつらい。こんな状況でなかったら今頃ひいひい言わせているところだ。しかし、飲みすぎたせいで愚息はピクリともしていない。過剰なアルコール摂取は勃起を妨げるというから、そのせいだろう。
というより、女だって酔ったらそんなに気分が盛り上がらないんじゃないのか？　こいつの性欲は一体どうなっているんだ。
「とにかく、今は勃起しそうにないから無理だ……というか寝かせろ、その前に俺のちんこをしまえ」

「やだよぉ……ボッキさせちゃうもんねぇー」
　緒花は一瞬不満そうな顔をしたものの、すぐに意地悪そうな笑みを浮かべた。
「んふふー、じゃぁー、こーやって、おっぱい見せながらぁー……こうだーっ」
　緒花が俺に乗っかったまま、腰を前後に揺らす。俺のペニスの上で緒花の柔らかな割れ目がにゅるるっ、と擦れた。
「おうっ……!?」
　温かくぬらついた感触に思わず声が出る。さっきも思ったがやはり何も穿いてないようで、ワレメの感触が直に伝わってきた。
「えいっ、えいっ……♪　おっきくなーれ、おっきくなーれー……♪」
「お、おおっ……これは……」
　緒花が身体を揺らすたび、愚息にニュルニュルと愛液が絡みついてくる。というより、コイツ、もうかなり濡れてるようだ。すっかりエロいことにハマってきたとはいえ、これまで緒花は基本的に受け身というか俺の指示に従うだけだったのだが。酒くらいで、まさかここまで積極的になるとは思わなかった。
　それに、こんな風に迫られては、男として興奮しないわけがない。緒花の割れ目に挟まれたペニスが、むく、むく、と脈動に合わせて膨らみ始める。
「んふふー……♪　ちょっとずつおっきくなってきたー……♪　ほら、もっともっとぉー……♪　えい、えーいっ……♪」

緒花が嬉しそうにリズムをつけて俺の上で腰を揺らす。
「ボッキ、ボッキー……♪　はやくっ、はーやくーっ……♪」
「く、くぅっ……これは、堪らんっ……」
しとどに濡れた妹ワレメをしつこいくらい何度も擦りつけられ、ゾクッとした快感が走り出す。これにはさすがに愚息が膨らんでくるのだが、やはり酔っているからか完全体にはならない。
「悪いな、緒花、やっぱり無理そうだ……これじゃお前にハメられないな」
「んー、へーきへーき！　あんまりおっきくないケド……入れちゃうもんねー！」
「えっ？　お、おい、無理——」
俺が言い終わる前に、緒花のやつは中途半端に少しだけ硬くなったモノを膣口にあてがい、そのまま腰を落とす。
ヌプププププッ……！
「あはぁぁぁぁっ……♪　おにーちゃんの、きたぁぁ……♪」
「う、うおおっ……!?」
まだ半勃起でしかなかった肉棒が、熱い粘膜に包まれる。酒が入っているからだろう、膣内はいつも以上の熱さで肉棒が蕩けてしまいそうだ。
「はぁぁ……おにーちゃんの、熱くてきもちぃー……ちょっと柔らかいけどっ」
「お、おいっ……だから、今は無理だって言ってるだろ」

「そんなのカンケーないのぉー……ねぇおにーちゃぁーん、もっとおっきくしてぇー？」
　ダメだ、酔っているからかこっちの話をまったく聞いてない。そりゃ、俺だってせっかくならヤりたいが。今度、男は酔いすぎたらセックスができないということをきっちり教えてやった方がいいだろう。
「あ、それじゃあー……せっかくこの格好してるしぃー、応援したげるねぇー……」
「お、応援って……うおっ」
　ズイッと、緒花がキスでもしそうなほどに顔を近づけてくる。そして至近距離で俺をジィッと見つめ、手に持っているポンポンをワシャワシャと振りながら――ゆっくりと腰を振り始めた。
「フレッ、フレッ、おにーちゃんっ……♪　ガンバレ、ガンバレ、おにーちゃんっ……♪」
「うおっ……おおおおおっ？」
「ボッキっ、ボッキっ、ボッキしてっ……♪　わたしのアソコで、シャセーしてっ……♪」
「お、おおっ……こ、これはっ……」
　ニュプッ、ヌプッ、ヌプッ、ヌププッ。
　愛液まみれの膣肉が、半勃起の肉棒をにゅるにゅるとしごいてくる。いつものきつきつの膣穴と違って、たっぷりほぐれて潤んだ肉壺がゆったりとうねり、俺の肉棒をあやすような刺激が心地よい。
　しかも、緒花がこんなエロ漫画みたいなことを自分からやってくれるとは。ただのコスプレじゃなく、現役チアガール部によるものだというところも高ポイントだ。興奮に煽られて、アルコールの影響をはねのけて肉棒が猛っていく。

「あはぁぁっ……おにーちゃんの、ちょっとずつおっきくなってきたぁー……」

エロい笑みを浮かべたまま、ゾクゾクッと震える緒花。

トロトロに蕩けきった膣内も、嬉しそうにぎゅるぎゅるとうねり、俺の怒張は最高潮にまで達してしまった。緒花の中で完全に勃起したペニスが膣穴をぎちぎちと内側から押し広げる。実際、俺のモノが膨張したせいで、緒花の膣はきつくなったような気がするが、そ

んなことをじっくり味わう間もなく。
「あぁ、おっきぃー……アソコ、パンパンに広がっちゃったぁ……♪　ねぇおにーちゃん、このままエッチしていいー……ってゆーかしちゃうねぇー……」
「お、おいっ……だから、勃起したってできるわけじゃないって」
ようやく本勃起にまで到達したところで、緒花がいきなり腰を振り立ててきた。緩やかだった腰の動きが、だんだんとその速さを増していく。
「あっ、あっ、あっ……おにーちゃんのっ、擦れるぅっ……！　あっ、あぁあんっ……！」
「お、おおおっ……!?　緒花っ、こらっ、やめっ……」
「やーだー！　今日はおにーちゃんのおちんちん、たっぷり応援してあげるんだからぁ♪　がんばれ……がんばれっ……」
酒のせいで、完全に暴走しているようだ。緒花はうわごとのように繰り返し、腰を振り立てる。
「うっ、くぁぁ……緒花、それやばいからっ……やめっ」
緒花の肉穴で勃起をしごかれるたびに思わず声が上がる。俺自身、酒のせいでコントロールができてないのか、いつも以上に感じてしまっているみたいだ。
「あはっ、おにーちゃんもきもちいーんだっ？　わたしも……きもち、いーよぉっ……あんっ、あぁんっ……！　奥っ、ズンズンって届いてるぅっ……あっ、あはぁっ……！」
「ち、ちょっとストップッ……くぅぅっ」

「これスキっ、スキなのぉっ……あんっ、あぁんっ……！　奥っ、感じちゃうぅっ……あっ、あっ、きゃぁんっ……！」

緒花はもう俺の声など聞こえてないようで、まさに我を忘れて腰を振っている。まるで膣穴で俺の肉棒を貪っているようだ。

「くはっ……や、やばいっ……！」

こっちもこっちで、射精の感覚が近づいてきている。いつもと違う緒花の攻めにあてられて、あっという間に高まっていた。このままじゃ、緒花ごときに一方的に搾り取られることになってしまいそうだ。そんなもの、兄としてのプライドが許さない。

「くううっ……こうなったら、俺も動くぞっ」

弾んでいる緒花の動きに合わせ、下から突き上げていく。そうなると俺もイッてしまうが、せめて緒花も同時にイカせたかった。

「あぁっ？　おにーちゃっ、それっ、あんっ、あぁっ……きゃんっ!?　あぁっ、深いぃっ！　あんっ、あああっ、あぁあんっ！」

「これが欲しかったんだろっ！　おらっ、おらっ！」

全力で、緒花の小さな身体を突き上げていく。亀頭の先端が子宮口に深くめり込んでいるのが自分でもよくわかるほどの強さだ。それなのに。

「しゅごっ、しゅごいぃっ！　アタマの奥まで、ズンズンって響いちゃってるぅっ！　あんっ、きゃんっ！」

緒花は嬉しそうに嬌声を上げ、自らも腰を振る。二人の上下動が重なり、俺の先端が膣奥をどすどすと叩き上げる。
「うっ、くっ、どうだ、気持ちいいかっ！」
「うんっ、いいっ、きもちぃーのぉっ！　あんっ、あぁあんっ！　おにーちゃんのが突き刺さってて、感じちゃってるのぉっ！」
早くも軽い絶頂に達したのか、緒花の身体がぶるぶる震える。同時に膣内がぎちぎちと俺のものを食い締めてきた。
「くはっ⁉　めちゃくちゃ締まるっ……！」
「もっとぉっ、もっとしてぇっ！　ひあぁんっ、あぁぁぁんっ！　もっとっ、おにーちゃんペニスでズンズンしてぇっ！」
「ぐぅっ、いくらでもしてやるよっ！　おらっ、イケっ……緒花っ」
実際、早くイって欲しかった。きつい締めつけに射精が煽られ、そろそろ限界が近い。それでも緒花を絶頂に導こうと、ギチギチと圧迫してくる膣肉を無理矢理こじ開けるように抽送を続けてやった。
「あぁんっ！　それっ、ヤバっ、ヤバいぃっ！　こんなのっ、わたひのアソコっ、ビクビクッてイッちゃうぅっ！」
緒花の身体が、震え始めた。小さな波から次第に大きな波に変わるように、震えが大きくなっていく。絶頂の予兆だ。俺も射精を堪えて腰を叩き上げ、緒花の肉壺をめちゃくちゃにかき回す。
「いいぞ、いつでもイケっ！　ほらっ！　イケって！」
「やだぁ……だって、もっとしたいのにぃっ！　あんっ、あぁあんっ！　らめぇっ、もうホントきちゃうっ、きてりゅぅっ！」
もう、本当にイク寸前といったところのようだ。半ば懇願するような声を上げるが、もちろん責めの手を緩めてやるわけもなく、むしろさらに突き上げの力を強くしてやる。
緒花の身体が俺の腰の上でぽんぽん跳ね上がった。
「ひあぁああんっ!?　らめっ、らめぇっ！　こんなに激しーのっ、子宮が喜んじゃうぅっ！　おにーちゃんザーメンっ、欲しくなっちゃうからぁっ！」
「いいぞっ、お望み通りこのまま出してやるっ！　だから存分にイっちまえっ！　……うっ、くぅぅぅっ……」
俺も迫りくる絶頂を必死で抑え込み、射精の快感を限界まで引き上げていく。そして。
「あぁぁっ!?　もうダメっ、トンじゃうっ、トンじゃううぅっ！　あっ、あっ、ああああああああああああっ！　イっちゃぅぅぅぅぅうううっ！」
緒花がひと際（きわ）高いイキ声を上げる。
「お、おおおおっ……！　俺も出すぞっ」
そして俺も緒花の絶頂に合わせて、最深部でつながったまま思いっきり子種を解き放ってやる。

ドクッ、ビュクルルルルッ、ドクドクドクッ……！
「あはぁぁっ！　きてりゅっ、きてりゅぅっ！　おにーひゃんザーメンっ、ビュービューって当たってっ、イッてりゅぅぅっ！　あっ、あぁぁぁぁっ！」
まるで噴火したかのような勢いで逆っていくドロドロの精液を緒花の子宮口にびたびたと振りかけていく。と同時に、絶頂した緒花の膣がぎゅるぎゅると激しくうねり、根元から先端へと俺の肉棒を搾り上げた。
「くううっ、搾り取られるっ……!?」
緒花の強烈な膣バキュームに煽られ、俺に肉棒はあっという間に最後の一滴まで吐き出してしまった。

ようやく絶頂から戻ってきた俺達は二人同時に一気に脱力してしまった。
「はぁーっ……はぁーっ……♪　おにーちゃんので、お腹いっぱぁい……♪」
俺と繋がったままの緒花が胸にくたりと倒れ込んでくる。
「はぁ、はぁ……つ、疲れた……」
俺も強烈な虚脱感に襲われながら、ぐったりとノビていた。セックスの後にこんな台詞を口にするのは初めてだ。どうやら酒の影響はまだ残っていたようで、また頭がクラクラしてくるが、これでやっと眠れる——男の面子も守ったわけだし。しかし。
「ねぇ、おにーちゃぁん……まだ、できるでしょぉー……？」

むくりと身体を起こした緒花がゆっくりと腰をくねらせ始めた。
「うおっ……！　お、おい……？」
「わたし、まだ足りないよぉー……もっかい……ううん、もっといっぱいしようよぉー……ねーえー♪」
　トロンとした瞳が物欲しそうにウルウルと見つめてきている。それでいて、ねだるような視線が、まるで飢えた獣のようにギラリと輝いているように見えた。
　俺の下半身もそれに応え。
「ほらぁ、またおっきくなってきたー……♪　ね、もっとしよぉ……？　わたしのアソコぉ、おにーちゃんのザーメンもっと欲しがってるからぁー……」
「くぅっ……こうなったら、やけだっ！」
　ヘトヘトではあるが、ここまで求められては黙ってられない。いっそのこと、とことんまでつき合ってやろう。そう覚悟を決め、緒花の律動に合わせゆっくりと腰を振り始めた。

結局――。

休憩がてらに怒張を抜くことすら許されず、ただひたすらセックスを続けて、緒花が満足した頃には、もうすぐ明け方という時間になってしまっていた。

「すぅ……すぅ……んぅー、おにーちゃん、もぅ飲めないよぉ……セーエキぃ……」

「くそ……コイツにはもう酒を飲ませないぞ……」

緒花は俺の胸にくたりとノビて寝息を立てている。そのゆったりとした寝姿からは、さっきまできゃんきゃん鳴きながら腰を振っている姿を想像できないくらいだ。

一方の俺はもうくたくただった。緒花の性欲は正直、俺の予想を遥かに超えていて、今夜だけでも手に余るほどだった。今まで全て俺が緒花をコントロールしてきたのに、最近は緒花に押され気味になっている。信じられないことに体力も性欲も俺より上らしいのだ。

「くそっ……このままじゃマズイよな……もう一回どっちが上か、しっかり教えてやらないと……」

妹がセックスで兄を上回ることがあってはならないのだ。緒花の寝息を聞きながら、あらためて上下関係をきっちりわからせてやるための方法を考え始めた。

数日後の夜。
俺と緒花、帰宅した親父といつも通りに夕飯を囲んでいるのだが――。
「ど、どうだハナ？　今日の魚は美味いか？」
「うん……」
「そうかそうか、こっちも美味いぞぉ。おかわりもあるからたくさん食べなさい」
「うん……」
親父がしきりにカレイの煮つけやほうれんそうのおひたしを勧めるが、いつも言われるままにがつがつ食べる緒花の箸は全く進んでいない。
「……………耕一郎」
「何だよ？」
親父に手招きされて顔を寄せる。理由は、まぁ、考えるまでもないだろう。それでも親父にとっては緒花が自分の料理を食べてくれないというのは一大事だ。
「……何があったか知ってるか？」
「知らないよ、帰ってきてからずっとこうだ」

今日は友人達と遊びに行っていたらしく、朝は普通にばくばく食べていたのに、帰ってきた時にはもうこの調子だ。
少し食べては箸を置こうとし、思い直して食べ始めたかと思うとまた箸を置こうとする。自分の食欲がないことに戸惑っているみたいだ。いつもならもっと食べられるのに、という顔をしている。
「まさかアレか？　ダイエットを始めたんじゃ……」
「それはないと思うけど」
確かに緒花くらいの歳になると極端に体型を気にするが、朝はがつがつ食べてたしダイエットはまずないだろう。
「気になるんだ……でも、パパウザいとか言われそうだし、お前聞いてくれるか？」
出た。親父の『パパウザい恐怖症』。とはいえ緒花くらいの歳ならとっくにそう思っていてもおかしくない。その事実を突きつけられるのが怖いのだろう。
「ほっとけよ、あいつのことだし明日になればケロッとしてるだろ」
「冷たい兄だなぁお前は……まぁ、そうなんだろうが」
親父も納得したようで静かに食事に戻る。実際、こういうことは今日が初めてというわけでもない。聞き出してみたら好きなマンガの主人公が誰とくっつくのかずっと考えてたとか、昨日のドラマを見忘れたとか、それくらいのものだったが。
とはいえ、気にならないといえば嘘になる。ここまで食べないのは初めてだ。まさか、俺にいろいろと騙されていることに気づいたとかじゃないよな。

「もう、いらない……ごちそうさま。部屋に戻るね……」

箸を置いた緒花がトボトボとした足取りでリビングを出ていく。

「あ、ああ……おやすみ……」

親父も声をかけるので精一杯だ。どれだけ落ち込んでいても飯のお代わりだけは欠かさない緒花が食事を残すなど、初めて見た。これはさすがに親父じゃなくても気になるな。

「おい、入るぞ」

「あ、おにーちゃん……」

ベッドに突っ伏していた緒花がぱっと顔を上げる。もう普段のコイツに戻っているんじゃないかと思ったが、外れたようだ。

いつもなら俺が何を言い出すのかと好奇心丸出しの顔か、あるいはまた騙されるのかと疑り深い顔になるが、今日はそのどちらでもない。心ここにあらずといった感じだ。

「で、何を悩んでるんだよ？」

「えっ……な、なんで悩んでるって知ってるのっ……？」

コイツ、自分がどんな顔をしてるのかすら気づいてないらしい。そうでなきゃもうちょっと隠したりはするだろうが。

「悩みがあるなら聞いてやる。お前が悩んでると親父がうるさいんだよ」

俺としても緒花がこうだと騙す楽しさがないしバカな妹に戻って欲しい。しかし。
「それは、ええっと……」
もごもごと言葉に詰まる緒花。こいつが言い淀むなんて、珍しいこともあるもんだ。今までこっちが引くような言葉だって平気で口にしてきたのに。
「何だ、言いづらいことなのか？　親父には言わないから」
緒花はしばらく悩んでいたが、やがて恐る恐る切り出す。
「パパに聞かれてもべつに、いーんだけど……実は今日、男子にコクられちゃって……」
「……は？」
自分でもうまい反応ができなかった。それくらい意外だった。
「告白されたって、緒花が？　いつ？　誰に？　どこで？」
もしかして俺の思っている告白とは違うかもしれない。思わずあれやこれや聞き出そうとしてしまう。
「もー、ほら、今日遊びに行ってたでしょー……？　みんなでカラオケ行ったんだけど、途中で話があるって言われて部屋の外に連れてかれて、そこでスキですーって……」
うむ。どうやら俺の思っている告白をこいつはされたらしい。
「……なるほど。そいつとは仲いいのか？」
「ううん、べつにー……前から、たまーに電話がかかってきたくらい……」
「そ、そうか……」

少しばかり予想外だったが、そういうことか。まぁ、告白されたのは仕方がない。俺とヤりまくるようになってから、こいつは変わったからな。目立ったような変化はないが、細かな仕草というか、纏っている雰囲気に色気が出るようになってきた。
毎日ヤりまくってる俺でさえそう感じるのだから、緒花と同年代の男子にとっては魅力が強すぎたのだろう。そうして気持ちを抑えられなくなった男子が、玉砕覚悟でぶつかってきたといったところか。
「わたし、コクられたのなんて初めてだし……おにーちゃんに聞かなきゃだけど、言ったら怒られると思ったし……」
言いながらまた悩み始め、緒花がしゅんと落ち込む。こいつ自身、自分の色気に気づいていないせいで、いきなりのことに戸惑っているのだろう。恐らくこの後もこういう風に告白される機会が増えるはずだ。
しかし、こんな時でもやはり緒花は俺の許可を求めるつもりだったのか。よく考えたらこういうことに関しては全部俺の許可が必要になっていたしな。
「……ふむ、それはそれで面白くなるな」
「えっ、なにが……？」
「いや、こっちの話だ」
緒花がクラスメイトに告白されたのは、ちょうどいいかもしれない。正直言って、最近は特訓にもマンネリ化が見えてきたところだ。何か面白いことはないかと思っていたが、その男子という第三者の存在をうまく使えば——。
「……そうだな、つき合ってみるのもいいんじゃないか？」
「えっ……いいの？　でも、わたしその子のコトべつになんとも思ってないんだよ……？」
「でも、悩むってことは断りづらいんだろ？」
「うん、なんかゴメンナサイって言うとクラスの空気がわるくなったりしないかなーって」
「おいおい、そんな理由だったのかよ」
その程度のことで、クラス全体の空気が悪くなるわけがない。まぁ、バカの緒花なりに必死に考えたといったところか。でも俺にとってはその浅知恵が好都合だ。
「だったらもう、一度ＯＫしてつき合っちまえ。そして頃合いを見て別れろ」
「で、でも……それって、なんかヒドくない……？」
「おいおい、小悪魔ガールになりたいんだろう？　何人もの男を手玉に取れるくらいじゃなくてどうする？　それにそうすれば誰にも迷惑をかけない」
「あ、そっか……そうだよね、じゃあオッケーしちゃった方がいいのかも……」
やはりこの単語は緒花には強烈な魅力があるようだ。まだ迷ってはいるようだが、交際を考え始めたようだ。
（よしよし、これでいろいろと捗るぞ……ぐふふっ）
「じゃあわたし、オッケーのメール送っちゃうね……？」
緒花はいそいそとメールを送り始める。その様子は俺の許可で交際できる嬉しさというよりも、どうしようか悩んでいる状態から抜け出せるからのようだ。
「はぁ……これでいいよね」
　やがてメールを送り終わった緒花はほっと息をつく。そんなに悩んでいたのか。しかし俺もただで交際を許可するつもりはない。
「緒花。交際の許可を出したからには条件があるぞ」
「あ、うん、そうだよね。条件ってなに？」
「彼氏との物理的な接触は一切禁止だ。キスはもちろん、手を繋ぐのもダメ。とにかく少しでも触ってきたら別れろ」
「えーと、うん……わかった」
「お前にはまだ俺との特訓が必要なんだ。絶対に、他の男に触らせるんじゃないぞ」
「うんっ、わかった！　触られたらぶつ！」
　緒花は覚悟を決めるようにぐっと拳を作る。恐らく初めての男子との交際だ。俺からの指示を守るよう気合いを入れているのだろう。ぶたれる男子はちょっと可哀想だが。
「じゃ、頑張れよ……ぐふふっ」
　それだけ言って緒花の部屋を出るが、俺の頭はこの状況をどう利用して楽しもうかと、いろいろなシチュエーションが頭の中でぐるぐる回っていた。
　そして、それからしばらくして――。

冬休みの間、緒花とその彼氏にはプラトニックな関係を維持させていた。もちろん、特訓と称したエロ三昧の日々は続いている。若干セックスでの上下関係が崩れかけてきたが、彼氏ができたおかげで、様々なシチュを楽しめるようになったのは大成功だった。

そんな冬の夕方――。

「ただいまー♪」

帰宅した緒花が真っ先に俺の部屋にやってくる。デートに出かける前と帰ってきた後は必ずそうさせるようにしているのだ。

「よぉ、遅かったじゃないか」

「ごめーん、マサユキくんと話してたら遅くなっちゃった」

今日は緒花に制服で外出させて『マサユキくん』とカラオケに行かせてきた。金はもちろん向こうに出させるようにさせている。

「何だよ、またか？　よくもまぁ話題が尽きないもんだ」

ここ最近、すっかりお決まりになったやり取りをする。一応、緒花には彼氏のマサユキくんに気を持たせるような言動をさせてはいるんだが、少しばかり仲よくなりすぎだな。偽物の彼氏なんぞよりも兄である俺との生ハメセックスを優先するようでなければ。

「まぁいい、身体検査だ……」

「はーい……んしょっと」

俺の言葉に緒花は慣れた手つきでささっと制服を脱いでいく。

「はい、脱いだよー」
「よし、ジッとしてろよ？」
　まずは皮膚の身体検査だ。裸になった緒花を、前から後ろからジロジロと眺めていく。相変わらず若々しいというか、ハリのあるきめ細やかな肌だ。腕を持ち上げてわき腹を観察する。首すじ、顎の下、キスマークはついていない。
「よろしい。今日も、彼氏とは何もしなかったようだな」
「もー、そんなの当たり前じゃーん。毎日チェックするほどのことでもなくなーい？」
「いやいや、大事なことなんだよ」
　何せコイツは真性のバカだからな、油断大敵というものだ。俺がしっかりと管理してやらねば、どこの男にオナホとして使われるかわからん。まぁ、半分以上は裸を見るための口実でしかないが。何度見ても妹の身体を見飽きるということはなかった。
「さて、身体の外は大丈夫そうだし……次は、中だな」
「はーい、もー、おにーちゃんは細かいんだからぁ♪」
　慣れた様子で緒花がテーブルの上に乗る。
「よいしょっとー……はい、どーぞっ♪」
　テーブルの上で、素っ裸の状態でかぱっと脚を抱える緒花。俺からは恥部が完全に丸見えだ。これからするのは『膣内検査』、彼氏くんとエロいことをしていないかと称して膣内の確認をするためのものだ。俺はぐっと緒花の秘部に顔を近づける。

「ふむふむ、誰かに触られた形跡はないな……くんくん……うむ、匂いもいつも通りだ」
使い込まれていない、鮮やかなサーモンピンクの粘膜を丹念に見ていく。微かな隆起や、湿り気、匂いなど、何度観察しても飽きることがない。
「もー、だからそー言ってるじゃーん。はやく終わらせて、トックンしよーよー……♪」
早くも発情したのか緒花はふうふうと荒い息をつき始める。膣粘膜もぬらぬらとつやを出し始めた。今や俺に見られるだけで愛液を分泌するほどになってしまっている。
「ぐふふっ、そうするかな……入れてやるから、そのまま広げてろよ？」
もちろんそんな反応を見せられたら俺の愚息もあっという間に元気になる。ズボンを下ろして勃起を掴み、思いきり広げられた膣穴に入り込もうとした時。
「あ、そーいえばさー。明日、マサユキくんからデート行こって言われてるんだー」
「何だと？」
思わず止まってしまった。
家が非常に厳しいと言わせているから、これまでそういった誘いはなかったはずだが。
「そ、それで、まさかOKしたんじゃないだろうな」
「まだしてない。あとでメールするねって言ってあるんだ。でもぉ、すっごい真剣に言ってくるから、びっくりしちゃったー♪」
緒花のやつは、どこか嬉しそうに見える。俺の指示でつき合っているだけとはいえ必然的に会話する機会は増えるし、仲が悪いわけではないしな。

「ねー、おにーちゃん、デート……行ってもいい？」

「……………」

何故か面白くなかった。こんな状況で言い出す緒花のタイミングのあけすけさは、マサユキくんとのデートを大して重要に思っていない証拠だ。それなのに、俺は妙にイライラしていて、何故か肉棒がさらにびきびきと張り詰めていた。中高生の頃のような、怒りにも近い性欲を感じる。

「……わかった。デートに行くのはいいぞ。ただし、その内容は俺が決める」

「えー、ヘンなところに行かされるのはヤだよー？」

「大丈夫だ、そこは心配するな」

「んー、それならいっか。それじゃ、マサユキくんにも言っとくね」

と、脱ぎ散らかしたままの緒花の制服で何かが震え始める。どうやらスマホのバイブらしい。緒花の気が一瞬そちらに向いた。

「あ、多分マサユキくんから——ぁぁぁっ？」

その瞬間、俺は怒張を緒花の肉壺にねじ込んだ。

「ぁぁあっ？　おにーちゃっ？　はひっ……なにっ、なにするのぉー？」

「………」

俺は答えずにさらに奥までねじ込み、強引な抽送を開始する。まだ完全に濡れてはいない緒花の膣壁が俺の剛直とひきつれ合う。が。

「あっ、ひっ……ひんっ、おにーちゃん、いきなりっ……あっ、あっ……ぁっ♪　はげしいってばぁ！」
俺の滅茶苦茶な挿入にも関わらず、緒花は早くも嬌声を上げ始め、膣内もすぐにとろけ始める。俺はそんな緒花に半ば苛立ちのような性欲をぶつけていった。
そして何度も交わった後――。
「……ここがいいかな。緒花くらいの歳ならこれくらいの映画がいいだろ……」
「近くにラブホもあるからいざとなったら連れ込めるしな」
事後、何度も絶頂を味わわせた緒花が俺のベッドでノビているのを横目で見ながら、俺は緒花のデートの計画を練っていた。何時に待ち合わせるか、どこに行かせるか、どんなイタズラをするか、自分でも驚くくらい執念深くなっているのを感じていた。

そして翌日の昼すぎ――。
俺は、家のある町から電車で15分ほどの距離にある、とある駅の改札前にいた。
少し離れたところには緒花がいて、先ほどからどこかソワソワと周囲を見回している。
後は、彼氏くんが来るのを待つだけだが、俺がデートするわけでもないのになかなか緊張する状況だ。
「お……？」
俺の方が緒花より早く気づいた。緒花と同じくらいの男子が、緒花に駆け寄る。

「………」

あいつが彼氏のマサユキくんなのか、なかなかの爽やかイケメンじゃないか。何を話しているのかここからじゃ聞こえないが、彼氏くんは顔を赤くして初デートに緊張しっぱなしのようだ。

そんな彼氏くんを見ながら、緒花はニコニコと笑顔。やはり、それなりに仲がいいようだ。しかし、そんな関係も今の俺をさらに興奮させるだけだった。

緒花達が歩き出したのを確認して、俺も二人についていきながら少しずつ距離を縮めていった。

「そ、その……今日は、どこ行くの？」

「えっとねー、面白そーな映画があったからそれ観たいなーって思ってるんだー」

「そうなんだ……何て映画？」

「んーっと……あれ、なんだっけ？　なんとかーってやつ」

「あ、あはは……何ていうか、吾妹さんらしいね」

「えへへー、そっかなー？」

「そ、その……そういうところが、か……ぃぃ……っていうか……」

物陰から二人の会話を盗み聞きしたところ、彼氏はまだ緊張が解けないようだが、緒花は純粋に楽しそうだ。まさに初々しいカップルという感じで、周囲を歩く大人達からも微笑ましそうに眺められている。

（チッ、まぁいい……どうせマサユキくんとの関係は俺とのセックスを盛り上げるためのものだからな）
俺自身、何故かイライラしながら二人の後をつけていった。何にしろお楽しみはこれからだぞ、彼氏くん。

しばらく二人の後をつけていると。
「はぁ……はぁ……おにーちゃぁん……まだぁ……？」
緒花が俺の方をちらりと見る。
「えっ、何か言った？」
「あっ……う、ううん……なんでもないよ……？」
「吾妹さんがそう言うなら……ところで、今日のことなんだけど――」
彼氏くんが何か話しかけているが、緒花はほとんど話を聞いていないらしく、チラチラと物欲しそうな視線を送ってきている。
その理由は、単純で――。
緒花は俺の指示でバイブを装着したまま出かけているのだ。しかも出かける前にセックスをし、一回だけで済ませているからかなり欲求不満のはずだ――今の緒花はもう一度や二度のセックスでは満足できない身体になっている。
「だ、だから……今度はそっちの方に出かけたいなって思うんだけど……どうかな」

「はぁ、はぁ……う、うん……そーかもしれないねー……」

真剣に話しかけてくる彼氏くんに適当な返事をしながら、潤んだ瞳を俺に向けてくる緒花。その歩き方はやや内股気味で、モジモジと疼きに耐えているのがわかる。

何せ、膣内にはまだたっぷりのザーメンが残っているからな。精液まみれの膣内にバイブで栓までされて、刺激が欲しくて仕方がないのだろう。

「あ、吾妹さん？　聞いてる？」

「うん……き、きーてるよー……」

「聞いてないみたいだね……はぁ……」

何を言っても反応の悪い緒花に、彼氏くんはガクッと肩を落としている。

（ぐふふっ……）

下卑た笑いが漏れる。まぁそこまで気

にするなよ、もともとお前にチャンスなんてないんだ。何せ、緒花は最初から俺のモノなんだからな。

「じゃぁ、映画行こうか……」

「うん……そーだね……はぁ、はぁ……」

疼きが増しているのか、もはや彼氏の方を一瞥もしない緒花。そんな姿にニタリと笑みを浮かべながら、俺もゆっくりと後をつけていく。まだまだ、緒花を他の男なんぞに渡さない。兄妹である以上いつかは離れていくんだろうが、それまではもっと楽しませてもらわなければ。

(覚悟しろよ、緒花……ぐふふっ)

これは準備運動のようなもので、本番はこれから、映画館についてからなのだ。そこで緒花とすることを思うと、俺の下半身はもうびきびきだ。若干前屈みで二人の後をついていった。

「おおー、ガラガラだねー！　こんなの初めて見たっ♪」

「そ、そうだね……」

緒花の言う通り、年末の昼すぎだというのに映画館内はほとんど人がいない。さすがに完全に貸し切り状態というわけではないが、それでもぽつぽつと座っている程度だ。

しかしこれも俺の計算通りだった。というのもここで上映される映画が非常に不人気だからだ。これから始まる作品は無駄に上映時間が長いうえに内容もつまらなく、ネットでは不眠症の人でも１００％眠れる。と、違う意味で評判だ。他にいる客は老夫婦のような人ばかりだし、おそらく何も知らずに入ってきたのだろう。

二人が席についたのを確認し、俺はしれっとそこに近づいていく。そして。

「……ちょっと失礼しますよ。席そこなんで」

彼氏くんの前をひょいっと横切る。

「あ、はい」

彼氏くんは慌てて足を引っ込めて俺が横切りやすいようにしてくれた。そして緒花は。

「どうぞー」

まるで他人のように振る舞って前を通してくれる。どうやらこういう二人だけの秘密のやりとりが楽しいようだ。そして俺はそのまま緒花の前を通りすぎ、少し離れた場所に座る。いきなり真横に座ったらさすがに怪しまれるからな。

「楽しみだねー、どんな映画なんだろ」

「え？　吾妹さんが観たくてチケット取ったんじゃないの？」

彼氏くんの言葉に、緒花が慌てて俺の方をちらっと見るのがわかった。俺は首を振って『誤魔化せ』と指示を出す。

「あー、えーっとそうだったねー。そうそう、あはは一♪　すっごい楽しそうだからわたしのおすすめなんだー……えへへっ」

さすがに怪しまれたか？　しかし彼氏くんは普段から緒花の奇行にある程度耐性があるらしく。

「そうなんだ……じゃ、期待しようかな」

無理矢理納得することにしたようだ。好きな子のことを理解したいと思うのは当然のことかもしれないが、さすがにこれはキツイと思うぞ、彼氏くん。

その間も緒花が居心地悪そうに座り直しながら、ちらちらと俺の様子を確認していた。何しろバイブが入っている状態だからな。電源は切ってあるが気になってしょうがないのだろう。もちろん抜かせてやるつもりはない。彼氏くんと一緒にいる間も常に俺を意識するようにしておくのだ。

そしてゆっくりと館内の照明が落ちていくと、緒花が安堵の溜息を吐き出す。さすがに後少し話していたら、ぼろを出していたところだ。

さて、俺まで寝てしまわないように気をつけねば。

「ふぁぁー……くそ、めちゃくちゃ眠い……」

もうこれで何度目かの大あくびをする。

スクリーン上では若い男が食虫植物に食われようとしている。その周りで踊るオバサンの一群。前半の山場を迎えているところなのだがまったく面白くない。というよりまったくの意味不明なのだ。周囲を窺ってみれば案の定というかなんというか、ちらほらいた客達は帰ったか大爆睡のようだ。
これでまだ半分も終わってないのだから拷問といってもいいだろう。これで彼氏くんがちゃんと最初から最後まで見ていたら少し認めてやってもいいくらいだ。
二人の方を見ると。
「すー……すー……むにゃ……」
彼氏くんは椅子に深く座り込んで、半ば身体がずりおちたまま穏やかな寝息を立てている。熟睡といってもいいだろう。これならそばに近寄っても大丈夫そうだ。俺はそっと緒花の横に座った。緒花はというと。
「おおー……なるほど、そーゆーことだったのかー……」
若干前のめりになって映画に集中している。膝の上に置いた手が握り締められていて、緊張しているのもわかる。というより、バイブが入っているのも忘れているらしい。
「……お前、よくこの映画にそこまで集中できるな」
「ふぇっ？　おにーちゃん、なんか言った？」
「いや、何でもない……」
やはりバカだと感性が違うのだろうか。この映画を作った人間にとっては涙が出るほど嬉しいことだろう。きっと世界中でこの映画を理解できる数少ない人間の一人なのだから。
しかし、自分から起きてくれているのは助かった——寝ている緒花にいたずらをするのもなかなか味わい深いが。

俺は彼氏くんが熟睡しているのをもう一度だけ確認し、緒花へと手を伸ばした。
「ひゃっ……！　お、おにーちゃんっ……？　んむっ……！」
そして緒花が抗議の声を上げる前に唇を塞ぐ。
「んむっ……れろ、ちゅ……緒花、そろそろ始めるぞ」
「ぷはっ……マ、マジでやるの……？　んんっ……ちゅっ……人、たくさんいるよ……？」
頭の緩い緒花でもさすがに衆人環境は躊躇しているのか——寝ているとはいえ人がいるんだからな——戸惑っている。
「それがいいんだろうが。そのために来たんだからな……お前だってバイブ突っ込まれたままで苦しいだろ？　ぴちゃ、れろ」
「も、もーっ、おにーちゃんのヘンタイ……っ、んむっ……んっ、ちゅっ……ぴちゅっ……早くすませてよねっ……あむっ」
緒花と舌を絡め合いながら胸をまさぐっていると、少しずつ緒花が反応し始めた。喉の奥で艶っぽい声を上げ始める。
「ほら、お前も触れよ……れろ、ちゅ……小悪魔ガールになりたいんだろ？」
「う、ううー……わかったよぉ……れろ、ちゅ……」
恐る恐るといった感じで、緒花が俺の股間をスリスリと擦る。俺のモノといえば、この時が待ち遠しかったこともあり、すっかりギンギンだ。
「ちゅ……もうボッキしてるし……れろ、ぴちゃ……おにーちゃん、なんでそんなにへーキなわけ……？」
「何だ、ガラにもなく緊張してるのか……？」
「あ、当たり前じゃん……れろ、ちゅ……ねぇ、やっぱりやめよ……？　帰ってからにしようよ……」
いつでもどこでもやりたがる発情おバカだと思っていただけに、こういう反応は新鮮だ。しかし、そんな反応がさらに俺を興奮させる。
「そう言ってられるのも今だけだ、お前の弱いところなんてお見通しだからな」
片手を動かして、緒花の背中側をまさぐる。この服は、背中で留めるタイプだからそこを外してやればいいはずだ――留め金を何か所か引っかけて外し、するっと緒花の服を引き下ろす。
「あっ……！　も、もうっ……ばかぁっ……」
緒花は抵抗するがそれを無視し、乳房を露出させ、指先でくすぐるようなフェザータッチをしていく。反応はすぐに現れた。
「あっ……あっ……やだっ、くすぐったいっ……ふぁっ……」
「くすぐったいだけじゃないだろう？　ん？　どうなんだ？」
「だ、だってぇ……そんな触られかたしたら、ゾクゾクッてくるっ……ふぁっ……」
ぷるぷると揺れる乳房を指先でくすぐるたび、緒花がピクンッと背中を反らす。嫌がるように身体をくねらせている緒花だが、膨らみの中央にある突起はあっという間につんと尖った。
「文句を言いながら、何だこれは？　興奮してるようじゃないか」
「やっ……そこっ、だめっ……ふぁぁっ……ぁぁ、マサユキくん……いるから」
乳輪を軽くつねってやると緒花が微かに上ずった声を上げる。肌が触れている部分がじっとりと熱を持ち、汗が滲んできた。
「おにーちゃっ、ひんっ……んんっ……っく、だめだってば……っ」
緒花の反応がよくなってくるが、肝心のところにはまだ触ってやらない。まだ隣の彼氏くんのことが気になるみたいだが、他の男のことなんざ考えられないように焦らし続けてやる。小さな乳輪を指先でくるくると撫で擦ってやるうちに、突起全体がぷくっと膨れ上がってくる。
「んっ、あっ、やだっ……はぁっ……ど、どーして……くすぐってばかりなのっ……？」
「そういう気分なんだよ……はぁ、はぁ……もっとして欲しかったら、ほら、お前も俺をもっと触れ……」
俺自身、緒花より興奮している自信がある。勃起しすぎて股間が痛くなってきたくらいだ。わずかに腰を浮かして片手でズボンと下着を下ろし、下半身を露出させる。そして緒花の手を掴み俺のモノを握らせた。
「あっ……す、すごい……もう、こんなにカチカチになってる……」
俺の肉棒の状態を確かめるように、緒花の手が動き回る。

「ああ、凄いだろう……？　ほら、いつもみたいにスッキリさせてくれ……そうしたら俺ももっとしてやるよ」
「う、うー、わかった……うん……それじゃ、シコシコするね……」
少しは緊張も解けてきたのか、緒花が怒張を擦り始める。しかしやはり普段ほどの大胆さはなく、大人しい動きだ。
「んんっ、ふぁっ……お、おにーちゃん……おっぱいまだ触るのぉ……？」
「当たり前だろう……？　それより、もっと強く触れよ……」
「だ、だってぇ……ふぁっ、はぁっ……マサユキくんが、起きたらって思うと……」
緒花は俺の怒張をしごきながらも、隣の男子をちらちらと見ている。そのせいで俺の愛撫への感度もまだ完全ではないらしい。
「おいおい、こんな時まで彼氏くんのことかよ……」
「デート中なんだもん、当たり前じゃん……んっ、はぁっ……見られたら、ゼッタイ怒るよぉ……？」
「チッ、余計な心配ばかりしやがって……」
身を寄せ合って乳繰り合っているというのに、まだ彼氏くんを気遣うとはな。惚れた腫れたの関係というよりは交際上の義理みたいなものだろうが、少しばかり仲よくさせすぎたのかもしれない。接触だけでなく、会話も制限するべきだったか？　まぁいい、だったら気にならなくしてやるだけだ。今日はそのためのイベントだからな。

「おい緒花、口開けろ」

「んぁー……んんむぅっ……？」

俺の言葉に反射的に従った緒花が口を開ける。瞬間、その口を塞ぎ舌をねじ込んでやる。

「んぐっ……むぅぅっ、また、いひなりっ……れろ、ぴちゃっ……んんぅぅっ……！」

「彼氏くんのことなんざ考えられなくしてやるよ……ぴちゃ、れろ、ちゅるるっ……！」

「んんぅぅっ……！　なんか、激ひっ……んむぅぅっ……！」

貪るようにして、緒花の小さな唇を塞ぎ、俺自身の舌で緒花の舌を捕まえ、ジュルジュルとすすり、口の中を蹂躙する。もちろん、キスだけで緒花の気を引けるとは思っていない。

「ほら、こっちもしてやるよ……っ」

たっぷり焦らし、刺激を求めるように尖り出した乳首をきゅっとつまむ。途端。

「んふぁぁぁっ……!?　乳首っ、らめぇっ……ふぁぁっ……んむぅっ……じゅるっ……ふぁぁっ……！」

緒花が俺とキスをしたまま嬌声を上げた。そのまま何度も乳突起をきゅむきゅむとつまみ、ひっぱり、執拗に刺激する。そのたびに俺の腕の中で緒花の小さな身体がぴくぴくと反応した。さっきよりも俺の愛撫に集中しているみたいだ。

「んむっ、れろっ……だめなのに手コキが激しくなってきてるぞ……？」

「らっへぇっ……れろ、ちゅっ……おにーひゃんがっ、オモチャ抜いてくれないからっ……ふぁっ、んんっ、ぁぁっ……！」

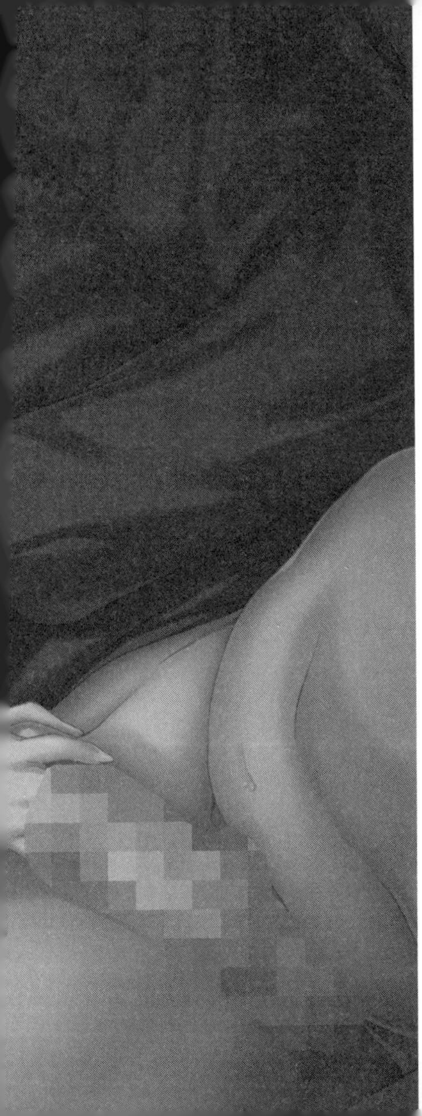

興奮してきたのか、緒花の手コキが恐る恐るといった感じから、本格的に性感を与える動きに変わった。握力を強めてペースを上げ、溢れたカウパーを潤滑油に、グチュグチュとエロい音を立てながら勢いよくしごいてくる。

「れろっ……っく、なかなか、気分が乗ってきたみたいじゃないかっ……スイッチも入れてないのに、棒が入ってるだけで興奮してるのかっ？」

お返しにキスをし、乳房を激しく揉んでやれば、緒花がぞくっ、ぞくっ、と身体を震わ

せるようになる。もうイキそうらしい。しかも。
「んむっ……ちゅ、ふぁっ、ぁぁっ……！　手、止まんにゃいっ……マサユ……くんいるのにっんふぅっ……オモチャ入れてっ、おにーはんのおひんひん……しこしこしちゃってるっ……！」
「ちゅぱ、れろっ……いいぞ、その調子だっ……！」
男を悦ばせる動作が身体に染みついているのか、緒花の手コキはどんどんその激しさを増していく。頭の中の自制心と快楽の割合はだんだん快楽に傾き、今はもうほぼ快楽しかないのだろう。その証拠に俺とキスをしながらも上げるくぐもった声もだんだんと大きさを増して、自ら身体を押しつけてきていた。
「おにーひゃっ……んんっ、ちゅぱっ、ふぁっ……！　おにーひゃぁんっ……れろっ……」
身体だけでなく唇もぐいぐい押しつけてくる。その性感に俺も高まってきた。腰の奥からずる、ずる、と熱いものが這い上がってくる。
「はぁっ、はぁっ……れろ、ちゅっ……緒花、もうそろそろ出すぞっ……！」
「ひーよっ、きへぇっ……あむっ、じゅるっ、れろっ……わらひの手っ、ザーメンでいっぱいにしへぇっ……！」
亀頭を重点的に、緒花の手が振り動かされる。充血し敏感なカリ首を重点的に攻められゆっくりと上昇してきた性感があっという間に最高値まで跳ね上がる。
「ふぉっ、おっ、おおおっ……！　いいぞっ、緒花っ……俺もしてやる、んむっ」

射精の瞬間に向けて、俺もキスと乳房愛撫を一気に激しくしていく。
「ふぁぁぁっ……!? しょんなっ、激ひぃっ……！ んむっ、れろっ、んんんぅぅっ……！
ぷはっ、ふぁぁっ……！」
隣の彼氏くんに聞こえるように激しく音を立てて緒花の唇を吸い、見せつけるように——
見てはいないだろうが——乳房を撫で回す。そのうちに俺の中でマグマが膨れ上がり。
「んむぅっ、じゅるっ、ちゅぱっ……くぅぅぅっ……ダメだ、出るっ……！」
ビユクッ、ビュルルルルッ……！
亀頭を覆う緒花の手に向けて、勢いよくザーメンを噴出させる。同時に緒花の乳首をギュウッと強めにつねる。
「ふぁっ、あっ、ぁぁっ……！ らめっ……わらひもっ……きちゃうぅっ……！ ふぁっ、あっ、ぁぁぁぁあっ……!?」
それに合わせるように緒花の身体が絶頂を押しとどめようとするように一瞬強張ったが。
「ふぁぁぁぁぁぁぁぁぁぁぁぁぁぁぁぁぁぁぁぁっ……！」
緒花は俺とキスをしたまま感極まった声を上げ、ビクビクと身体を震わせる。
「んむっ……れろっ、ほらっ、もっとしごけっ……」
俺の射精に驚いて動きを止める緒花を急かすように腰を動かして手コキを促し射精を続ける。
「ふあっ、ぁぁっ……！ おにーひゃんのっ、熱ひぃっ……！ 手がゾクゾクしてっ……

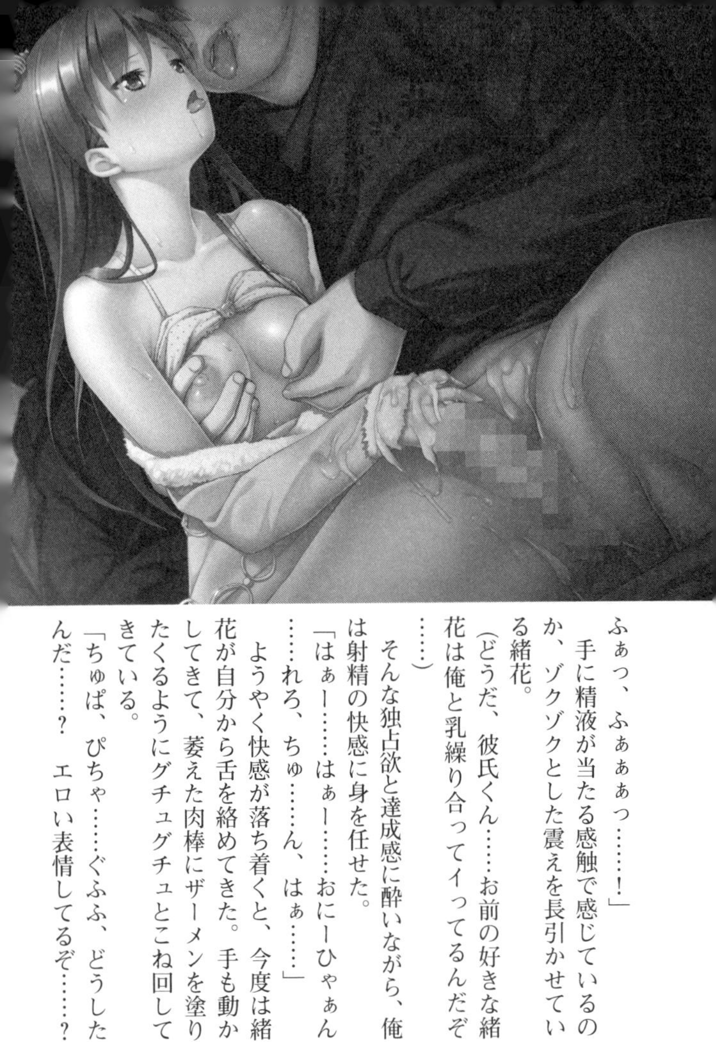

ふぁっ、ふぁぁぁあっ……！」
手に精液が当たる感触で感じているのか、ゾクゾクとした震えを長引かせている緒花。
（どうだ、彼氏くん……お前の好きな緒花は俺と乳繰り合ってイってるんだぞ……）
そんな独占欲と達成感に酔いながら、俺は射精の快感に身を任せた。
「はぁー……はぁー……おにーひゃぁぁん……れろ、ちゅ……ん、はぁ……」
ようやく快感が落ち着くと、今度は緒花が自分から舌を絡めてきた。手も動かしてきて、萎えた肉棒にザーメンを塗りたくるようにグチュグチュとこね回してきている。
「ちゅぱ、ぴちゃ……ぐふふ、どうしたんだ……？　エロい表情してるぞ……？

言いたいことがあるなら、はっきり言ってみろ……」
　本当はすぐに次の段階に進んでもいいんだが、まず自分で言わせて、俺が必要だという
ことを自覚させる必要がある。しばらく身動きせずにいると。
「ん、ちゅ……わらひ、これ欲しい……れろ、ぴちゃ……だって、オモチャ入ってて、ア
ソコ、ムズムズすゆぅ……」
　緒花が熱っぽい息を俺に吹きかけてくる。ようやく快楽に流され始めたようだ。
「いいのかぁ……？　彼氏くんが起きると、見られるかもしれないぞぉ……？」
「そんなの、もーいいからぁ……れろ、ちゅ……エッチしよーよぉ……ぴちゃ……」
　隣にいる彼氏くんのことなど関係ないとばかりに、俺に挿入をねだってきている。しか
し。
「だめだ。したいなら……彼氏くんと映画見るより俺のチンポの方がいいって言え」
「もー、わかったからぁ……マサユキくんと映画見るよりぃ……おにーちゃんとセックス
する方が……いいからっ」
　言いながらふるっ、と身体を震わせる。どうやら自分の言葉で興奮してきているみたい
だ。俺の狙い通り、本当に快楽に弱いやつだ。もちろん俺の下半身も既に回復している。
「まったく、仕方のないやつだなぁ……ほら、俺に跨がれ……」
「はぁ、はぁ……うん……」
　座っている俺の正面にきて、そのまま跨ってくる緒花。服を脱ぐ手間すらもどかしいと

ばかりに、自らタイツをビリッと破き、パンツを横にずらす。緒花の中に埋まっていたバイブがぬぽっ、と抜け落ちた。

「あはっ、取れちゃったぁ……」

バイブの重さだけで抜け落ちてしまうとは、膣は完全にほぐれて愛液もたっぷり分泌されているらしい——挿入する前から味わうのが楽しみだ。

「んふふっ……じゃ、入れちゃうから……はやくはやくっ」

緒花も焦れたように自らの肉裂の中をくちゅくちゅと探って入り口にあてがい、一気に腰を下ろした。俺の先端が緒花の肉穴ににゅるっと入り込む。

「あっ、ぁぁぁぁぁぁあっ……アソコっ、広がるぅっ……！」

「おお、いい濡れ具合だっ……これは、予想以上だぞ」

やはり、バイブの挿入だけでたっぷりとほぐれた緒花の膣は柔らかく蕩けていて、俺の肉棒を簡単に根元まで飲み込んでしまった。膣奥も柔らかくなっていて、先端にぷにゅぷにゅと密着してくる。今までにない密着感だ。

「あっ、じゃ、じゃあ……動くね、おにーちゃんっ♪」

緒花は俺の了承を得ず勝手に腰を振り始めた。もう少しこの密着感を楽しんでいてもよかったが、緒花から俺を求めてくるのはいい兆候だ。好きに動かせてやるとしよう。

「あぁっ……ふぁっ……カタイの、擦れるぅっ……あっ、あぁっ……」

「いいぞぉ緒花ぁ……好きなだけ楽しむといい……彼氏くんの隣でな」

「あっ、うんっ……きもち、いいっ……ふぁっ、あぁっ……奥までっ、トンッて届いてるぅっ……あっ、ぁっ……」

俺からは何もせず、緒花に身を任せていく。やるとすれば、せいぜいが尻を撫でまわすくらいだ。まだ手すら繋いでいない彼氏くんがすぐ横で寝ているという状況で、緒花自身にこうして腰を振らせて——これ以上ないほどの優越感だ。しばらくそんな満足感を味わっていると。

「はぁっ、ぁっ……おにーちゃぁんっ……んっ、あっ……おにーちゃんもしてぇっ……？」

ねだるように、キュンキュンとアソコを締めつけてくる緒花。俺に激しく突き上げられるのを期待しているのだろう。しかし、それはまだだ。

「じゃあ、俺はこっちを可愛がってやるとしようか」

さっき抜けおちたバイブを尻の割れ目に沿わせて、小さくすぼまった場所を見つけ出すとぐっ、と押し込んだ。

みちみちみちっ、とバイブが緒花の肛門を押し広げていく。

「あはぁぁあっ……!? お尻っ、なんか入ってきたぁっ……んっ、あぁぁぁあっ……！」

「おお、すんなり入ったな。特訓の甲斐があった」

「はぁ、はぁあっ……なにこれっ、すごいぃっ……♪　お腹、パンパンになってるぅっ……あっ、あぁぁっ……♪」

二つの穴を同時に押し広げられ、緒花はゾクゾクと震えている。

「ぐふふっ、気持ちよさそうじゃないか」
ケツ穴もすでに調教済みだから、当然と言えば当然か。だが、今回はここからが本番だ。
「いくぞ緒花、スイッチ――ONだ」
カチッ、とバイブのスイッチを入れた途端。
「ふぁぁあっ……!? やぁぁっ、なにっ、これぇぇっ……! あっ、ぁぁあっ……!?」
緒花がびくんとのけ反る。
「ぐふふっ、いい反応だっ」
「だって、ヤバいっ、これヤバいってぇっ……! あっ、んはぁぁっ……! お尻でブルブルしてっ……アソコまで、震えてるぅっ……んはぁぁっ……!」
緒花が腰を振りながら盛大に悶え始める。
腸内での振動は俺の肉棒にまで伝わってきていて、まるで電動の振動つきオナホを使っているかのようだ。緒花の膣をオナホ代わりに使っているという征服感も相まってなかなかの気持ちよさだ。
「はぁっ、はぁぁっ……! もうっ、だめぇっ……こんなのっ、勝手に腰が動いちゃうぅぅっ……! あっ、あぁんっ……!」
最初は音を出さないようにしていたのか、ゆっくりとした律動だったのに、もう我慢できないとばかりに緒花の腰が弾み始める。
「はぁっ、あんっ、あぁんっ……! おにーちゃんっ、これすごいよぉっ……! あんっ、

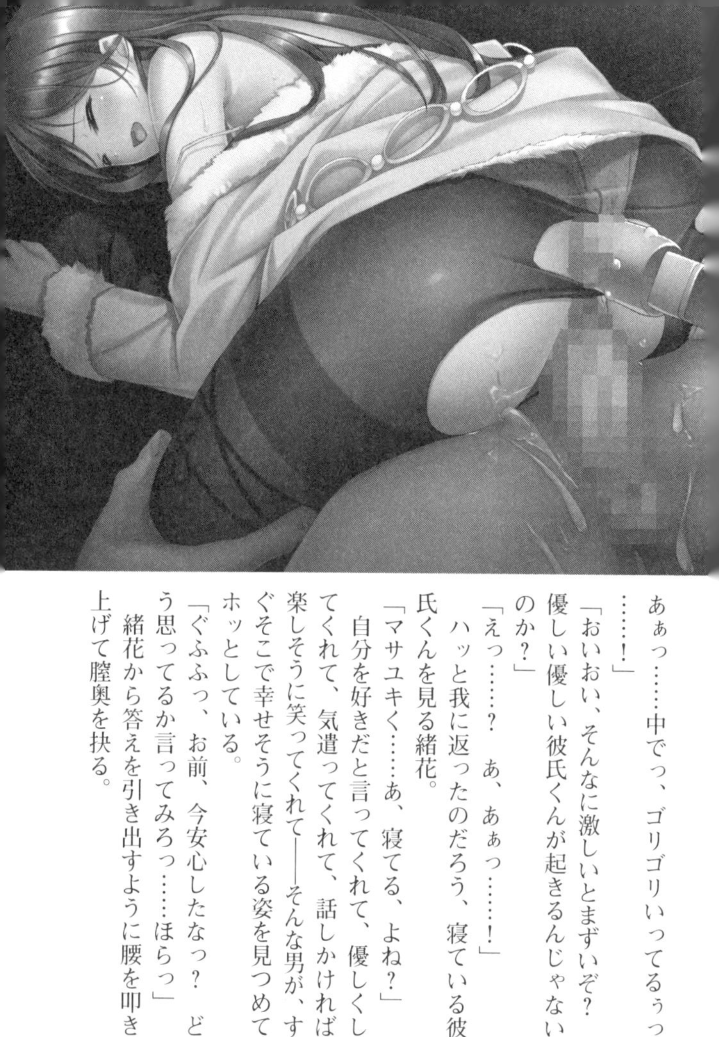

あぁっ……中でっ、ゴリゴリいってるぅっ……！」
「おいおい、そんなに激しいとまずいぞ？　優しい優しい彼氏くんが起きるんじゃないのか？」
「えっ……？　あ、あぁっ……！」
ハッと我に返ったのだろう、寝ている彼氏くんを見る緒花。
「マサユキく……あ、寝てる、よね？」
自分を好きだと言ってくれて、優しくしてくれて、気遣ってくれて、話しかければ楽しそうに笑ってくれて――そんな男が、すぐそこで幸せそうに寝ている姿を見つめてホッとしている。
「ぐふふっ、お前、今安心したなっ？　どう思ってるか言ってみろっ……ほらっ」
緒花から答えを引き出すように腰を叩き上げて膣奥を抉る。

「あっはぁ？　だ、だってぇっ……きゃんっ、あぁんっ……！　マサユキくんには、わるいコトしてるって思うけどぉっ……！」
そう言いながらも、緒花は腰を振るのをやめようとはしない。彼氏くんに対する罪悪感はあっても、俺とのセックスによる快楽の方が上のようだ。やっぱり脳味噌直結型だからな。快楽には素直なやつだ。
「よぉし、じゃあ、彼氏くんに謝りながらセックスしろ……これからもっと気持ちよくなっちゃうんだからな」
「あぁっ……！　ごめんねぇっ、マサユキくぅんっ……あんっ、あぁんっ……！　いっつも好きって言ってくれたのにっ……ホントにっ、ゴメンねぇっ……！」
謝りながら緒花がぎゅっと俺にしがみついてくる。膣内もキュンキュンと肉棒を締めつけて、結合部は二人の粘液で泡立ち始めていた。
「でもわたしっ、やっぱりコレ好きなのぉっ……！　あんっ、きゃぁんっ……！　おにーちゃんとエッチするのっ、やめられないのぉっ……あんっ、あぁんっ……！」
「それじゃまだ足りないぞっ……緒花っ、もっと謝ってやれっ」
「だからっ、ごめんなさぁいっ……あんっ、ひぁんっ……！　わたしっ、マサユキくんのカノジョになれなくてっ、ごめんなさぁいっ……！　きゃんっ、あぁんっ……！」
やはり彼氏くんのことは憎からず思っていたようで、謝罪の言葉を繰り返す緒花。
しかしその反面、表情はどんどん蕩けてきている。その理由など言うまでもない。

緒花も、彼氏くんのすぐ隣でハメられているというこの状況に悦びを見出しているのだ――多分、こういうのも小悪魔みたいだと思っているんだろう。
（ぐふふっ、この淫乱ビッチが……！）
それも全て俺がここまで育て上げたのかと思うと、なかなか味わい深いものがある。そして今からさらに味わうのだ。
「よぉしっ、こっちからも動くぞっ！」
気分が乗ってきたところで、俺からも腰を動かしていく。緒花の小さなお尻をむんずと掴んで剛直を突き立てた。
「きゃぁんっ⁉　あんっ、あぁんっ、ひぁんっ、あっ、あぁあぁあんっ……！」
「くおおおっ！　締まるっ……⁉」
ギチッとした締めつけに、堪らず声を上げてしまう。とろけていた肉壺は緒花が嬌声を上げ始めると同時に、次第に俺の肉棒を押し潰しそうなほどの膣圧を与えてくる。
「いいっ、もっと突いてぇっ……！　あんっ、きゃぁんっ……！　マサユキくんのコトっ、どーでもよくなるくらいいっ、きもちよくしてぇっ……！」
「いいぞっ！　ほらっ、こっちもしてやるっ！」
尻に回した手でバイブを掴み、グリッと角度を調整する。ちょうど、バイブの先端が子宮に向かうようなかたちだ。
「ひぁぁぁぁぁあっ……⁉　うそぉっ、なにっ、これぇっ……！　あんっ、あぁあんっ……！　子宮っ、ブルブル震えてるぅぅっ……⁉」
「ぐふふっ、さらにここから――こうだっ！」
深く小刻みな抽送で、子宮口を押し潰すように突いていく。
「きゃぁぁんっ……⁉　ヤバっ、これヤバぁっ……！　あんっ、あぁんっ……！　子宮っ、きもちよすぎておかしくなるぅっ……！　きゃんっ、あぁぁあんっ……！」
緒花の身体が、ギュゥゥッと力むように緊張する。快楽に怯えるその様子に嗜虐心を刺激され、俺はさらに突き上げのペースを上げた。今、緒花に快楽を与えているのはこの俺なのだ、その満足感も俺を酔わせていった。
「あぁんっ！　しゅごっ、しゅごいぃっ！　きもちよすぎてっ、アタマこわれりゅぅぅっ！ばかになっちゃぅぅっ！」
はひはひと息を荒らげ、懇願するような声を上げる緒花。もう完全に快楽に屈してしまっているらしい。その満足感に俺の下半身もぐいぐい高まってきた。
「いいぞぉっ、好きなだけバカになれ！　お前はバカでいいんだよっ！」
「ひぁんっ、う、うんっ、わかった！　あんっ、あぁぁんっ！　おにーちゃぁんっ！　もっとっ、もっとしてぇっ！　あんっ、あんっ、あぁあんっ、きゃんっ！」
俺の言葉に夢中で快楽を貪る緒花。しがみついてくる力はさらに強くなり、痣になりそうなほどだ。俺もそのおねだりに応え、乱暴なほどの勢いでガンガンと突き上げてやる。
次第に緒花の身体がぶるっ、と震え始め、膣がさらにぎちぎちと収縮し始める。

「あああっ、もうらめぇっ！　イクッ、イッちゃうぅぅっ！　アタマの中っ、おにーちゃんでいっぱいになっちゃうぅっ！」
「だめだっ、イク時は彼氏に謝れっ……お前のこと好きなんだぞっ、俺とセックスして気持ちよくなってるって知ったら幻滅だぞっ？」
「はああっ！　そ、そんなっ……そんなのぉっ！　あぅうっ、マサユキくっ……ごめ、ごめんなさいいいいいっ！」
その言葉に俺も一気に射精が近づく。彼氏に詫びながら絶頂おねだりなんて、こんなに独占欲を刺激されるものはないだろう。
「はぁっ、はぁっ、はぁっ！　いいぞっ！　イケっ！　好きなだけイッちまえ！　俺もイクからなっ」
射精を目指して腰を振り、緒花の膣内に激しく剛直を出し入れし、膣奥を叩いた。
「あぁぁあんっ⁉　イクッ、イクイクイクイクぅぅっ！　あっ、あっ、あっ、あっ、ああああああぁぁぁぁっ……⁉」
そして緒花の声が次第に上ずっていき。
「ひあああっ……あっ、あっ……ぁぁぁぁぁぁぁぁっ……！」
絶頂を迎えた緒花の感極まった声に煽られるように俺も射精を迎える。
「くうううううぅぅぅっ！　出すぞっ！」
最後に大きく突き上げ、奥に向けて全力で子種を注いでやる。

ビュクッ、ドクドクドクドクッ、ドププッ……！

「あっ、あぁぁあぁあっ……！　出てるぅっ……！　おにーちゃんザーメンっ、子宮にビューッって当たってるよぉっ……！」

俺の射精に驚いたように緒花の膣がまたぎちっ、と締まる。

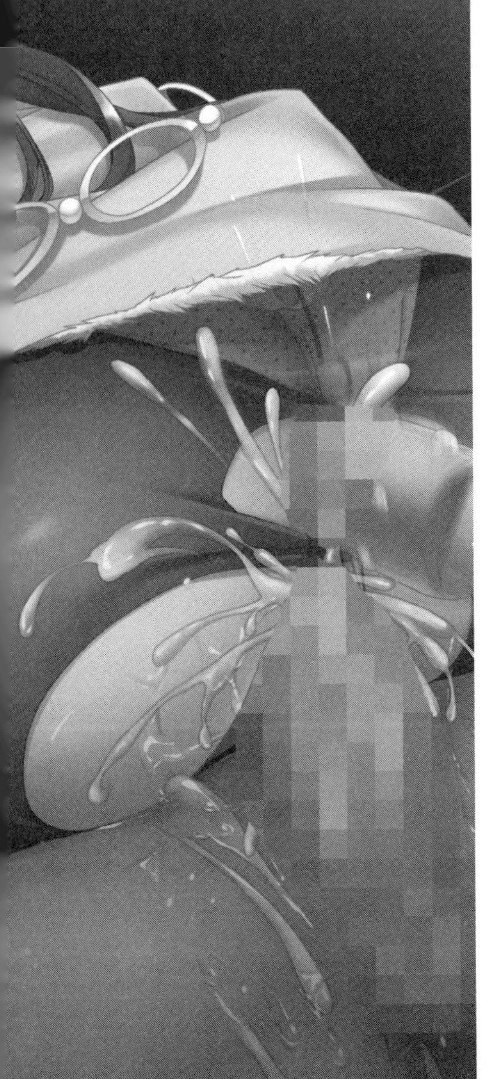

「ああっ、まだ出るぞっ……！　くううぅっ……！」
その収縮に煽られて俺もさらに牡液を吐き出していく。
「あぁぁああっ……!?　しゅごっ、しゅごいいぃっ……！　またイッちゃうっ、イクぅぅうぅうぅっ……！」
すぐ隣に彼氏くんがいる状況で、盛大な絶頂を迎える緒花。ギュゥッとしがみついたその身体はとろけそうなほどに熱くなり、激しい痙攣を繰り返している。
「はぁ……はぁ……思う存分イっていいぞ、彼氏くんの隣でな……」
俺はそんな緒花をしっかりと抱き寄せながら、彼氏くんに見せつけるような気分で射精を続けていた。

「はぁーっ……はぁーっ……♪　チョーきもちよかったぁぁ……♪」
「ああ、いいセックスだったな」
ぐてっと、緒花が俺の身体に身を寄せてくる。しかし、身体はまだ物足りないようで膣穴はキュンキュンとヒクついている。アヌスに伝わっている振動のせいでもあるのだろうが、すぐにモジモジと腰を揺すり始めた。
「ねぇ、おにーちゃぁん……まだ、映画終わらないんでしょぉー……？」
「ああ、まだ半分をすぎたくらいだからな」
「だったらぁ……このまま、もっかいしよぉ……♪」

さすが、若いだけあって素晴らしい回復力だ。もちろん、俺も最初からそのつもりで事前に栄養ドリンクでたっぷりとドーピングしてある。
「ぐふふっ、仕方ないなぁ……後で彼氏くんに謝るんだぞ？」
「んっ……うん、わかったー……♪」
映画館に、兄妹の交わりによる嬌声が響いていく。眠っている彼氏のすぐ隣で行う背徳行為は、映画が終了する直前まで何度も続くのだった……。

「ほんっとにゴメン……せっかくの映画なのに、ほとんど寝ちゃってたなんて……」
「う、ううん……気にしないでいいよー……？　それよりわたしこそごめんね？」
「でもほら、初デートだったのに……はぁ……何で謝るの？」
「あ、あはは……えーと、とにかくごめんね……」
映画館から駅へ向かうまでの道を、再び尾行していく。
睡魔に負けて居眠りしていたにも関わらず、緒花に謝られ困惑する彼氏くん。それでも、二人の会話はやっぱり俺と緒花の兄妹関係とは違って同年代の会話らしく、それを見ていると妙に心がざわつくのを感じた。
俺自身、珍しい感覚に驚き、二人の尾行を中断し、半ば逃げるように帰宅した。
帰ってきてもすぐに部屋に戻らず、居間でぼーっとしている時だった。

「もーっ！　マジで死ぬかと思ったじゃんっ！」
「あ、ああ、すまん……」
俺のすぐ後に帰ってきた緒花に叱られ、素直に詫びる。
たっぷりと交わって冷静になったこともあり、自分のやったことを反省することができた。それに、緒花も快楽に流されたとはいえ、あの後彼氏と二人きりになってから気まずかっただろう。
「今度からおにーちゃんはデートについてくるの禁止っ！　いいっ？」
「ああ、わかった……」
それがいいだろう。緒花と誰かのデートを見ていると自分が何をするかわからない。
「あれ？　おにーちゃんのくせに素直じゃん……♪」
そして、疑問に思うことがひとつ。
さっきまで胸に広がっていたあの感情、あれはまるで――。
「ふーん、でもそっかぁー……おにーちゃんってば、わたしにカレシができるのそんなにイヤだったんだぁー？」
「……ああ、そうかもな」
いつもなら緒花にこんな挑発されたらほっぺたをつねってやるところだが、今日はそんな気分にもならない。
「おにーちゃん？　どしたの？　お腹すいた？」

上手く頭が回らなくて、緒花が何を言ってきているのかもよくわからない。
「いや……ちょっと疲れたから寝る。メシは俺のぶんも食べていいぞ」
「えっ？　うん、おやすみー」
返事をすることもなく、フラフラとしたおぼつかない足取りで自分の部屋へと向かった。

「はぁ……」
俺にとっての憩いの場所、ＰＣ前の椅子にギシッと腰かける。と、尻側のポケットに違和感。そういえば、スマホを入れっぱなしだった。取り出してスリープモードを解除する。
液晶に浮かび上がったのは、以前盗撮した緒花のワレメだ。
あの日からまだあまり経っていないのに、緒花の身体に対しても、あいつ自身に対しても、今までとは違う目線で見ている。それだけ、アイツと行為を重ねてきたのだ。
「……何だろうな、この感じ……」
少し前まで、緒花のアソコを見てもムラムラするだけだったはずなのに。今は、こうして見ていると胸が締めつけられるような気持ちを抱いてしまう。この割れ目をたっぷり味わってやりたいと思うのと同時に、他の男が味わうのを許せなくなる。
「ああ、もうっ……頭がこんがらがるだろっ……！」
スマホを放り出し、倒れ込むようにベッドに横になる。俺の就寝時間にしてはかなり早いが、こういう時はさっさと寝てしまおう。嫌なことは寝て忘れるのが一番だ。

普段からよく寝ているが、それだけあって寝つく癖みたいなものはついている。要するに惰性で寝ることができるのだ。

「…………」

しかし今日はいつまで経っても眠気が訪れなかった。頭にあるのは緒花のことばかり。

やっぱり、間違いない。俺は、妹の緒花のことを手放したくないと思っている。あんな妹だが、俺に無邪気に身体を委ねてくれて、セックスしていれば、情だって移る。

しかし、俺はこれから緒花をどうやってつなぎとめればいいんだ？

自分が女に嫌われるタイプであることはよくわかってる。

太っているし、顔の造りだって整っていないし、性格だって他人に好かれるようなものではない。しかもそこに、兄妹関係という壁が立ちはだかる。

だったら、どうする？　俺は諦めるしかないのか？

「……そんなの嫌に決まってるだろ」

考えろ。よく考えろ、俺。キモ男が美少女と結ばれる世界なんて創作物ではたくさんあったじゃないか。

俺が緒花をつなぎとめられる唯一のもの——快楽。

決めた。エロゲ主人公のように緒花を快楽堕ちさせてやる。他のどんな男の調教も受けつけられないくらいに、快楽を植えつけてやる！

しかし緒花は俺が思うよりも、はるかに先を進んでいたみたいで――。
「おにーちゃん、また告白されちゃった……」
大晦日の夕刻、帰ってきた緒花がリビングに駆け込んでくるなり泣きついてきた。
その言葉を聞いた瞬間、俺の中で抑え込んでいたどす黒い感情が煙となって噴き出すような気がした。この前の男は俺の指示で無理矢理断らせたところだというのに。
「……そんなの、断ればいいだけだろうが」
「えー……でも……」
「でも、じゃないんだよ。そもそもお前自身はどうしたいんだ」
「うーん……クラスの中ではカッコいい系だし、優しーってよく聞くし、カレシにするなら、あーゆーカンジの人がいーのかなって思ったことはあるケド……」
緒花の呑気な答えがさらに俺を苛立たせる。
「お、お前は小悪魔ガールを目指すんだろっ！　そんなやつとつき合ってる場合かっ！　断れよっ！　俺との特訓が終わってないだろっ！」
俺の大声に緒花がびくっと反応した。俺自身、もう感情をコントロールできない。

「ふぇっ⁉　お、おにーちゃん急にどしたの？」
「だから、断れって言ってるんだっ！」
「えっ？　えっ？　ええっ？」
俺が肩を揺らしても緒花は戸惑うだけだ。それはそうだろう。こいつには何の罪もないんだから——ただ、少し鈍いだけで。
「っ………！」
それでも俺は自分の感情をコントロールできなかった。俺がこれだけ言ってるのに、なぜ頷かないんだ。そんなに、そんなに俺以外の男がいいのかよ！
「この、言うことを聞けっ！」
思わず身体が動いていた。
「えっ？　きゃあっ！」
今日これから使うつもりだったブツをズボンのポケットから取り出す。口で言ってわからないなら身体にわからせてやるしかない——そう決めたじゃないか。
「緒花、これを飲めっ……」
俺は自分で錠剤を含んで緒花の口を塞ぎ、それを口移しで押し込む。
「んむぅっ？　おにーちゃっ……んぐっ、こくんっ……」
緒花は驚いた声を上げる。しかし、手では拒否されただろうが俺のキスには逆らえない。すぐにそれを飲み込んだ。もう手段は選んでいられない。緒花の反応を待たずに激しく唇を貪った。
「あはぁあああああああああああああああぁぁぁんっ！」
「ぐうううううぅぅっ……!!」
ドビュッ、ビュクルルルッ、ドクドクドクッ……！
緒花の腰を押さえつけてのしかかり、体重を利用して最奥部まで肉棒を突き込んでの射精――種つけプレスというやつだ。俺の体重もあって普通よりもさらに深い場所での射精、他の男ではこんなに深くで射精はできないだろう。
「ど、どうだ、緒花っ……はぁっ、はぁっ……俺の射精はすごいだろっ、えっ？」
「はぁーっ……はぁーっ……♪　うん♪　おにーちゃんのしゃせー、すごっ……おにーちゃぁん……もっかぁい……♪　もっかいしよぉ……♪」
「い、いやっ……くぅっ、そうじゃなくてっはぁっ、はぁっ……流石にそろそろキツいんだがっ……」
いくら俺の性欲が強いといっても繋がり合ったまま、すでに4回目の中出しだ。しかし緒花はまったくへばる様子がなく。
「ダイジョーブだよぉー……♪　ほらぁ、もっとできるってぇー……」
俺の腰に脚を絡めたまま腰をくねらせてさらに射精を求めてくる。
「ほ、本当にもう限界なんだよっ……」

さっき緒花に口移しで飲ませたのは、こんなこともあろうかと取っておいた媚薬だったのだが、まさかこんなに効くとは。
　最初は俺のキスに翻弄されてふうふう息をついているだけだったのに、体重をかけた深い挿入で膣を抉っているうちに様子がおかしくなった。
　一回目の種つけプレスが終わった時にはもうガッチリと俺の腰を掴んだまま放してくれなくなってしまった。正直、もうタマを支えている部分がズキズキと痛んで仕方がない。媚薬プレイで快楽堕ちさせるはずが、俺の方が押されている。
「おにーちゃぁん……お願ぁい……もっかい、だけでいいからぁー……」
「い、いや……もう出ないっていうか勃たないっていうか……」
「もー、そんなコト言っちゃうおにーち

ゃんなんてぇ……こうだっ……」
ガッチリと回された脚で、引き寄せられる。
「お、おおうっ……!?」
引き抜こうとしたペニスがジュブッと埋もれて、ザーメンと愛液でドロドロになった膣内に根元までしっかりと咥えられてしまう。
「ほぉらー……こうやってアソコでキュンキュンってしてあげるからぁー……♪　はやくボッキさせてぇー……？」
「くっ、はっ……！」
膣内が浅い場所から深い場所にかけて複雑に収縮と弛緩を繰り返す。手では絶対に与えられない刺激が柔らかくなった俺のペニスには正直きつい。
「お、おいっ……放せ！」
逃げようとしても、緒花の脚は意外に筋力が強く、離れることができない。しかも、もう限界のはずなのに、俺のペニスは刺激に反応してムクムクと元気に膨らんできた。男の本能が恨めしい。
「ほらぁ、おっきくなってきたじゃーん！　おにーちゃんはぁ、ボッキしたらわたしとエッチしなきゃいけないんだよぉー……？　だから、はやくぅー……」
「く、くそっ……わかったよ、やってやるっ……！」
緒花と深い場所で繋がったまま、勃起にきしむペニスを小刻みに動かす。いつもなら快楽でしかない膣の刺激が今は苦痛でさえあった。しかし、ここでへこたれてしまえば緒花に愛想を尽かされるかもしれない――俺が緒花をつなぎとめる方法はセックスしかないのだ。だからこそ求めに応じないわけにはいかなかった。

「あはぁんっ、きゃぁんっ……！　そうっ、そうやっていっぱい突いてぇっ……！　あんっ、あぁぁんっ……！」

「くうぅっ……！」

次こそ緒花を満足させるべく、がむしゃらに腰をぶつけた。狭い膣内にたっぷりと満ちたザーメンと愛液をかき出しながら、発情しっぱなしの子宮口を先端で小突く。

「もっとぉっ……！　わたしの奥っ、もっと潰していいからぁっ……！　あんっ、あぁんっ……！　おにーちゃんのでっ、おもいっきり突いてぇっ……！」

「あ、ああっ！　いくぞっ……！」

要求に応えて、緒花の小さな身体を押し潰すように体重をかけていく。100キロを超える体重を剛直に乗せ、緒花の小さな膣奥をドスドスと叩いてやる。

「あはぁぁんっ……！　これっ、これぇっ……！　あんっ、きゃぁんっ……！　思ったとーりっ、これすごいぃっ……！」

「はぁっ、はぁっ！　気持ちいいかっ、緒花っ！」

「きもちいーけどっ、でもっ、もっと強くぅっ……！　あんっ、きゃんっ、あぁあんっ……！　アソコこわれちゃっていいからっ、もっときもちよくしてぇぇっ……！」

「くぅっ！　ああっ、もっと感じさせてやるっ！　感じろっ、緒花っ」
半ば懇願だった。俺とのセックスで感じて欲しい。他の男に目が向かないように。そんな思いで必死に腰を叩きつける。
「きゃぁんっ……！　いいっ、これきもちいぃいっ……！　あんっ、あぁぁんっ……！」
必死な抽送に緒花が嬌声を上げる。その声が俺の性感を刺激し、早くもジンジンとした熱い痺れが腰全体に広がってきていた。
「くうぅぅっ……！　また、出るぞっ……！」
「いいよぉっ、このままきてぇっ……！　あんっ、あぁんっ……！　わたしもっ、いっしょにイクからぁっ……！」
ギュゥッと緒花が脚に力を込めて引き寄せてくる。必然的に深い抽送になり、同時にぎちぎちと膣洞が収縮し俺の肉棒全体が締めつけられる。
「くぅっ……出るっ、あ、あぁぁっ……！　出るぅっ……！」
「きてっ、中出しザーメンいっぱい出してぇぇっ……！　あんっ、あっ、あぁぁ、あぁぁああああああああっ……!!」
「うぐうううううぅぅっ……！」
俺の肉棒がしゃくり上げ、牡精が苦痛とともに尿道管を駆け抜けていく。通算5回目の中出しに、腰が抜けてしまいそうな虚脱感の中、それでも必死で精を吐き出す。
「あはぁぁっ……！　きてるぅっ、ビューッて熱いザーメン出てるぅぅっ……！　あっ、あぁぁあっ……！　これっ、好きぃっ……おにーちゃんザーメン、大好きぃぃっ……！」
好き、という言葉に胸が大きく高鳴る。しかし、それはあくまで快楽に対して言ってい
るだけであって俺に言っているわけではない。何しろ、俺がそうなるように仕向けてきた
のだから。切ない気持ちになりながら、緒花の中に精を注ぎ込んだ。
通算5回目の射精が終わり――。
「はぁ、はぁ……も、もうダメだぁ……」
「えーっ、もー終わりとかあり得なくなーいっ？　もーちょっとしたーいっ！」
「無理、ほんと無理だから……ふひぃぃ……」
もう一歩も動きたくなくて、ズルズルとソファーに座り込む。こっちはもう足腰がガク
ガクで攣りそうだってのに、緒花はピンピンしている。
「ま、いーかー。お風呂入ってこよーっと♪」
緒花はちょっとした休憩すら必要ないようで、軽い足取りでリビングを出ていく。俺は
その元気な後ろ姿をただ見送ることしかできなかった。
「くっそ……今日もまた……緒花を満足させられなかった……」
自然、溜息が出てくる。自分の気持ちに気づいてからというもの、毎日毎日必死に頑張
ってるのに結果は芳しくない。俺から離れられないように、緒花のやつを快楽堕ちさせな
ければいけないのに、最近は緒花の方が余裕が出てきたようにさえ思える。
もしこんなふうに緒花に押されっぱなしだと思うと――訪れるかもしれない事態に俺は

恐怖さえ覚えた。もしかして俺は緒花に捨てられるのではないか？　しかも時がすぎるごとにどんどんその恐怖は大きくなっていき――。

「くそっ……もう、今日で今年も終わりだってのに……」

親父は今日までは仕事だが、明日から年始休暇に入る。つまり、緒花と行為に及ぶ機会が激減してしまうのだ。だから、せめて年内には緒花を快楽落ちさせたかったのに。

「……こうなったら、アレをやるしかないか……」

何もせずに手をこまねいているつもりはない。こうなったら当たって砕けろだ。エロゲでは、快楽堕ちをさせる時に定番のアレ。今夜、妹相手にリアルで実行してやる。

その夜――。

「ヒック……ハナは相変わらず可愛いし、いい一年だったなぁー……」

「もー、パパ飲みすぎだよー？　明日、またきもちわるくなっちゃうからねー？」

「いいんだよぉ、どうせ明日から仕事は休みなんだから……ヒック」

「…………」

夜になり、後少ししたら今年が終わるという時間。俺は、最後の手段を切り出すためのタイミングを今か今かと計っていた。時間的に、そろそろいいだろう。

「緒花、せっかくだし初詣に行かないか？」

「えっ、初詣？　もう夜だけど……パパ、行っていい？」

「ああー、まぁいいんじゃないかー……？　家族揃って初詣だぁー……ヒック」
「やたっ！　じゃあ行くっ♪」
（……よし）
予想通り、緒花はノリノリで俺の提案を受け入れた。これまでこんな時間に外に出ることはなかったから、まず間違いなく断らないだろうと踏んでいたのだ。後は、親父だが。
「親父は酒が入ってるから留守番な。親父のぶんもやってくるから。無病息災でいいよな？」
「おお、それでいいぞー……ひっく、じゃあ二人で行ってこい……ああ、ついでに緒花にご縁がないようになー」
「……おう、そうするよ」
「もう、なにそれー♪」
ご縁がないように、か。それは俺も同感だ。とにかくこれで邪魔者はいなくなった。後は、計画通りの準備をするだけだ。
「それじゃ、わたしコート取ってくるねーっ♪」
「待て。緒花には初詣用の特別な服がある。ちょっと来い」
「えっ、ほんとーっ？」
俺の言葉に緒花は目を輝かせてついてきた。
そして――。
「えーと、お待たせ、おにーちゃん♪」

玄関で待っていると緒花がいつもの私服でやってきた。その顔は既に上気していて、息も少し荒い。何しろそのコートの下は――。
「ちゃんと着てきたか見せてみろ」
「うん……♪」
緒花が恐る恐るコートを開く。
コートの下はほとんど裸に近いような格好だ。クロステディと言われる紐を編んだだけの服装で、大事なところをどこも隠していない。細い紐が緒花の肩や腰に食い込んでいて、露出と同時に肌の柔らかさも強調している。
「ぐふふっ……ずいぶん恥ずかしそうだな？」
「あ、当たり前じゃん……こんな格好、誰かに見られたらハズすぎなんだケドぉ……♪」
言いながらも緒花は少し嬉しそうだ。こいつ、やっぱり変態なのかもしれない。こんな姿にもう興奮し始めている。
しかし、なかなか背徳的な光景だ。妹が玄関でコートを開いてその下の恥ずかしい格好を晒している――これからする行為に俺は思わず生唾を飲み込んだ。これから緒花を完全に俺のものにするのだ。
「それだけじゃないぞ。外に出たらまだオマケがあるからな」
「やだ、おにーちゃんのヘンタイ♪　わたしにまだ恥ずかしい格好させるんだぁ……♪」
そういう緒花の声はやはり嬉しそうだ。自分がさらに変態なことをさせられるのを喜んでいるかのようだったが――。

「マ、マジで……この格好で行くの……？」

「ああ、不安か？」

外に出て俺が渡したものをつけた緒花の声は震えている。それは寒いからだけではないだろう。

今、緒花はコートさえ身に着けずクロステディ姿で突っ立っている。頭には犬耳、首にはリードをつけ、下半身アナルプラグつきの犬の尻尾。膣にはバイブまで挿入していて振動を続けていた。しかも目隠しまでつけているものだから、恥辱感は相当のはずだ。

これからは始めるのはエロゲでよくある露出散歩というやつで、恥辱と快楽でこいつを手なずけるのだ。しかし。

「はぁ、はぁ……おにーちゃぁん、こんなのゼッタイにヤバいってぇ……♪」

緒花はこの状態に早くも快感を覚えているらしく、もじもじと身体をくねらせている。

「そ、その割に嬉しそうだぞ……？」

この反応は俺も少々予想外だった。これはうまくコントロールしないと、とんでもない痴女になってしまうかもしれない。

「だ、だってぇ……こんなの、エッチすぎぃ……♪」

真冬の寒さすら感じないほどに興奮しているのか、緒花の吐息はひたすらに熱い。

「それよりも俺がご主人様だ。これからはちゃんとご主人様と呼べよ」
「はぁ、はぁ……はい、ご主人様ぁ……♪」
　緒花は既にこの行為に乗っているのか素直に頷く。それどころか、ご主人様と口にしたことで余計にウットリしているように見えた。
「よ、よし……いくぞ、ご主人様についてこい」
「はい……♪」
　緒花がとことこついてこようとするが。
「こら、何で二本足で歩いてるんだ。犬なら四つん這いで歩け」
「え………はい♪」
　俺の言葉に一瞬戸惑った緒花だったが、すぐにアスファルトに手をつき、四つん這いで俺についてきた。
　そして俺が緒花をリードで引きながら向かう先は――……。
「はぁ、はぁ……んんっ……ご、ご主人様……ここ、どこですかぁ……?」
　緒花の声が僅かに怯えているのがわかる。何しろずっと目隠しをつけていて、ただ俺がリードを引くに任せて歩くしかないのだ。
「秘密だ」
　あたりに人の気配がないかキョロキョロと周囲を見渡しながら、少しずつ進む。
　目隠しをつけている緒花にとっては未知の場所かもしれないが、実際は家のすぐ近くに

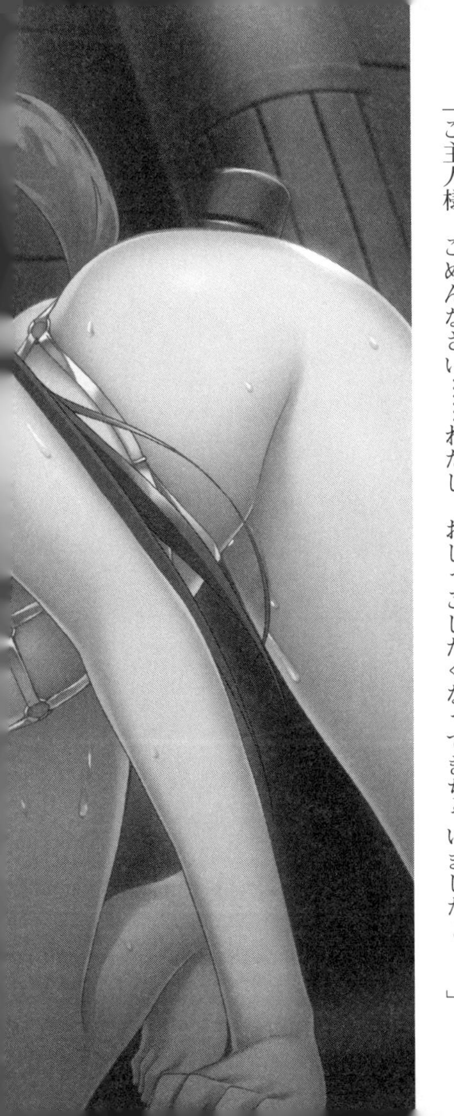

ある公園のそばだ。そして目的地はその公園内にある。
「……よし、行くぞ」
俺がリードを引こうとすると、急に緒花が動かなくなった。まるで散歩を嫌がる犬のように。見れば、何やらモジモジと切なそうに腰をくねらせている。
「どうした？」
「ご主人様、ごめんなさい……わたし、おしっこしたくなってきちゃいましたぁ……」

「っ……ほ、ほほう」
恥ずかしそうに告げる緒花に、胸がドキリと高鳴る。緒花のおしっこを見られるなんて思わぬ幸運だ。とっさに茂みを見やるが――。
「いや……見ていてやるから、ここでしろ」
「えっ……で、でも……外でなんて……」
「いいからやれ。ご主人様の言うことが聞けないのか？」
強めの口調で言ってリードをぐいっと引いてやると、緒花がゾクゾクと身体を震わせる。
「う、うう……ご、ご主人様の命令に、従いますぅ……♪」
仕方なさそうに、それでいて嬉しそうに緒花が頷く。そしていきんだかと思うと。
ジョロロロロ……。
「ああっ、はぁぁぁぁ……ふぅぅぅぅ」
真冬の寒い空気に、モワモワと湯気が広がっていく。そして、それに一瞬遅れてぷーんと香ってくる独特の匂い――緒花が、ションベンを漏らしているのだ。その光景に俺の下半身も高まっていく。
「おしっこ、出てるぅぅぅ……外なのにっ、止まらないよぉぉ……あぁぁぁぁあっ……」
ぶるっ、ぶるっ、と震えながら、放尿を続ける緒花。ずっと見ていたいくらい興奮する光景に俺のものも次第に大きくなっていく。とはいえいつまでも排尿が続くはずもなく、勢いは弱まっていき、やがて完全に止まった。

「はぁ、はぁ……ご主人様ぁ……おしっこ、終わりましたぁ……」
と思うと緒花がよたよたと俺に近づいてきて俺の股間にスリスリと顔を擦りつけてくる。
「あはぁ……ご主人様、もぅ、ボッキしてるぅ……♪」
露出というだけでも興奮していたのに、そのうえ排尿までして完全にスイッチが入ってしまったようだ。思わず、このまま襲いかかりたくなってしまうが。
「まだだめだ。行くぞ」
「はい、わかりました……ご主人様に、ついていきますぅ……」
ここでコトに及べば、誰かに見つかってしまう可能性が高い。それに調教としては弱すぎる。緒花のリードを引き移動を再開した。
そして――。
ようやく本来の目的地である公園内の公衆トイレにやってきた。
「はぁ、はぁ……なんか、トイレのニオイするぅ……ご主人様ぁ、ここどこですかぁ？」
緒花は鼻をひくつかせてあたりの様子を窺っている。
「匂いの通り、男子トイレだよ」
公園の中でも外れの方、利用者もほとんどいない。ここでなら、少しくらい騒いでも誰かがくることはないだろう。緒花がでかいイキ声を上げても。
「ご主人様ぁ……こんなところで……わたし、どーなっちゃうんですかぁ……♪」
期待のこもった吐息を漏らしながら、緒花が擦り寄ってくる。勃起で膨らんだ俺の股間

をすんすんと嗅ぎながら、今にもむしゃぶりついてきそうだ。
だが、すぐには手を出さない。俺の目的のためには、限界まで焦らす必要があるのだ。
「よぉし、まずは……こうだっ」
バイブの遠隔リモコンを取り出し、カチッと操作。膣に入っているバイブの振動を、一気に最強へと変えた。途端。

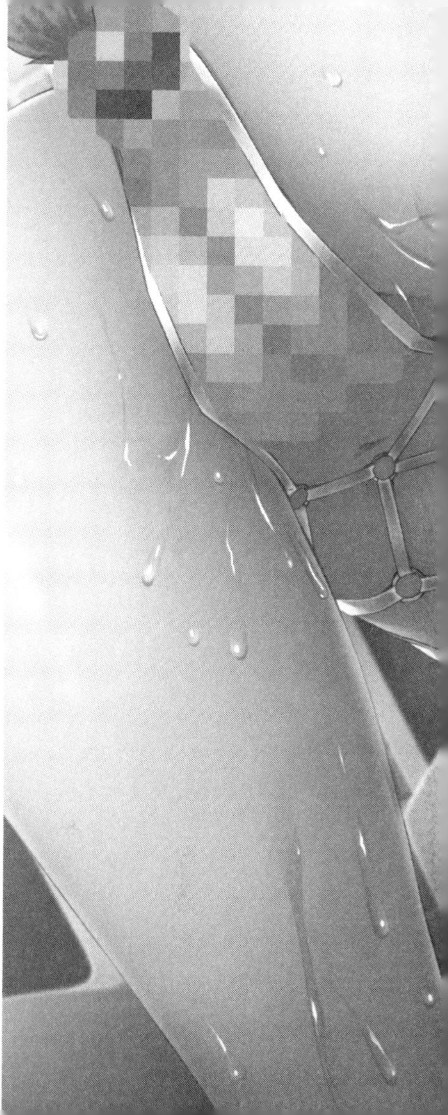

「ふぁぁぁっ……⁉　やっ、なんでぇっ……あっ、あぁぁっ……！」
緒花が背中をのけ反らせる。
「ぐふふっ、振動が強いタイプだからな。凄いだろ？」
「すごっ、いけどぉっ……！　あっ、ふぁぁっ……！　欲しかったの、これじゃなくてぇっ……あっ、ぁあっ……！」
言いながらも背中を引きつらせ喘ぎ声を上げる緒花。不満ではあっても、かなり感じているようだ。ここに来るまでにすっかり準備万端だったのだろう、バイブを突っ込んだ肉穴からは早くも愛液が溢れ出している。
「凄い濡れ具合だぞ……緒花」
「だって、だってぇ……早くご主人様にズブズブしてほしーですぅっ……！」
緒花はバイブの振動に悶えながら、必死になって俺の股間に顔を埋め、ズボンの上から勃起に鼻を擦りつけてくる。犬みたいな甘え方だ。
「これっ、これ欲しいの……！　ふぁっ、はぁっ……！　これっ、挿れてぇっ……！」
「何だ、挿れるだけでいいのか？」
「やぁっ、中出しがいーですぅっ……！　ご主人様の中出しザーメンでっ、いっぱいイキたいですぅっ……！　あっ、ふぁぁっ……！」
「ぐふふっ……よぉし、いいだろう」
緒花のおねだりが泣き声に変わり始めたところでバイブの振動を止めてやる。そして緒花の目隠しを外してやり背後に回ると。
「はぁーっ、はぁーっ……ご主人様ぁ……早くきてぇ……」
　ようやく自分がどこにいるか認識した緒花はさらに興奮したようで、俺に言われるまでもなく自分から尻を突き出してくる。
　公衆トイレ内でクロステディを身につけ、犬の耳と尻尾をつけ、もの欲しそうな視線を送ってくる緒花の姿は非常に煽情的で、交尾をねだる犬そのものだ。肉裂の中は既に愛液と尿がこぼれてきており、ホカホカと湯気が立っている。しかし。
（ぐっ……ぅぅぅぅ、我慢しろ、我慢だ……）
　すぐにでも襲いかかりたいが、俺は必死で劣情を堪える。今までなら答える前に突っ込んでひいひい言わせていたところだが、今日は欲望に流されるわけにはいかない。
「……挿れてやってもいいが、その前に約束しろ」
「するぅっ……なんでも約束するから、はやくぅっ……」
「こら、大人しくしろっ」
「きゃんっ……」
　リードをぎちっと引いて緒花を制すると、まるで犬のように鳴いた。
　俺はズボンを下ろし怒張を引きずり出す。コックリングを装着してあり血流が滞っていて、いつも以上の太さと大きさだ。
「あぁ……おにーちゃ……ご主人様の……おっき、あはっ……」

それを見た緒花はごくりと喉を鳴らす。もう欲しくて欲しくて堪らないようだ。俺はそれを緒花の尻の割れ目に乗せる。
「これを挿れて欲しければ、これからもずっと俺をご主人様にすると約束しろ。一生、俺のペットとして従うんだ。そしたらハメてやる」
「うぅぅっ……するっ……約束するぅっ……一生、ご主人様のペットになりますぅっ……！　だから、はやくぅっ……！」
さすがに抵抗すると思ったが、緒花はあっさりと欲望に屈する。
「よぉし、言ったなっ？」
しかし、まだハメない。俺は緒花から離れ、着ているジャンパーのポケットから太ペンを取り出す。そして緒花の身体に文字を書きつけていく。
「あんっ……！　な、なにしてるのぉっ……？」
「いいからジッとしてろっ。約束を違えないように証拠を残しておく。お前、忘れっぽいからな」
はやる気持ちを抑えながら、いそいそとペンを動かす。
「やっ、やだぁ……ご主人様ぁ……そんなことしなくても忘れないからぁ……」
緒花はもどかしげに腰を揺らすが、快楽に心を奪われているこいつの口約束は信用できない。確実な証拠が欲しいのだ。やがて証拠を書き終えた俺は一旦離れて全体を眺める。素晴らしい光景だ。これで俺のものになったという感じがする。

「はぁ、はぁ……ご主人様ぁ、はやくぅ……！」
「待て、証拠を残すと言っただろう」
確実に確実を期して、尻を振って俺の肉棒をねだる緒花の痴態をスマホで撮影する。
「んんっ、はぁっ……ヤだ……こんな格好、写メるなんて……はぁ、はぁ……アソコ、ムズムズしてきちゃうぅ……ご主人様ぁ、お願いしますぅ……もう、挿れてぇっ……」
撮影で余計に興奮したせいか、緒花の懇願がかなり切羽詰まったものになってきた。そろそろいいだろう。
「よーし、わかった、入れてやろう」
本当は俺だってすぐにでも緒花に入れてやりたかったが、あくまでもご主人様として施しを与えてやるつもりでいなければならない。緒花の肉穴に先端をあてがい、ぐっ、と侵入する。
「あはぁぁぁぁぁぁぁぁあああああんっ……♪」
挿入した瞬間、緒花の身体がビクビクと震えた。同時に肉棒をずるりと飲み込んだ膣内も軽く痙攣する。どうやら、挿れただけで軽めにイッてしまったらしい。しかも。
「う、うおおっ……!?　くぅぅっ、いつもよりキツいなっ……！」
コックリングのお陰で太さが増しているせいか、緒花の膣内はいつも以上に狭く密着してくる。奥まで愛液で濡れほぐれているはずなのに、ミチミチと俺の肉竿を圧迫してくる。
「緒花、動くぞっ……！」

本当はもっと焦らすつもりだったが、そのきつい締めつけに堪らず俺は腰を振り始めた。苦しげな声を上げる緒花の小さな膣内を壊してしまわないように、ゆっくりと出し入れしていく。

「あはぁっ……しゅごっ……っくぅ、しゅごいぃっ……んっ、あぁっ……ご主人様のでっ、パンパンになってるぅっ……あくっ」

緒花の膣口はみちみちと広がり、本気汁をどばどばと溢れさせながら俺のモノを飲み込んでは吐き出していたが。そのうち。

「んはぁっ、ひぁぁんっ……ご主人様のっ、ヤバすぎぃっ……あぁんっ……♪　アソコっ、広がっちゃうぅっ……♪」

緒花の膣がほどけて肉棒に馴染み、同時に苦しげな声が嬌声に変わり始めた。さらにクネクネと腰をひねって悶え始める。どうやら、感じているだけでなく俺のモノをもっと強く味わおうとしているようだ。さすがの順応性とでも言えばいいのか、このコックリングつきの太さにも慣れてきたらしい。

「んはぁっ、ふぁぁっ……！　ご主人様ぁっ……もっとぉっ……ひぁんっ……もっと激しくしてぇっ……！」

「いいのかっ？　こんなサイズで激しくしたら本当にアソコがバカになるぞっ？」

「いいっ、いいのぉっ……あんっ、ひぁんっ……♪　わたしのアソコっ、ばかになりたいって言ってるのぉっ……♪」

俺の剛直で内側からみちみちと押し広げられた肉穴をヒクつかせ、さらなる快感をねだってくる緒花。そこまで言われると、ご主人様としても黙っていられない。

「よぉし、もっと強くいくぞっ！　俺のチンポでバカにして、他の男のチンポじゃ満足できないようにしてやるからな！」

俺はさらに抽送のペースを速める。緒花の腰を掴み、ゆっくりと粘膜を擦りつけるような動きから、カリ首で膣襞をこそげ落とすような動きに変える。

「あひぃぃぃっ？　それ、しゅごっ、しゅごいぃっ……！　んはぁあぁっ！　あっ！　アソコっ、ばかになるまでいっぱいじゅぽじゅぽしてぇっ……！」

「いいぞ、いっぱい突いてやるから、バカになるんだぞっ」

しかし、膣奥までは突かない。緒花の興奮にしたがって下がってきた子宮口に当たるか当たらないかの深さで、抽送を続ける。しかし、それが緒花には不満だったようで。

「んはぁっ、ひぁぁっ、あぁあんっ……！　もっとっ、奥ぅっ……！　子宮口までっ、ちゃんと届かせてよぉっ……！」

自ら俺に尻を押しつけるようにして、さらに深くを抉るようねだってくる。もう少し馴染ませてからの方がいいかと思ったが、身体は既にさらなる快楽を受け入れるようになっているようだ。

「いいんだなっ、もう手加減しないぞ……！」

「う、うんっ、ダイジョーブだからぁっ……！　きゃぁんっ、あぁぁんっ……！　ちゃんとっ、奥までぜんぶご主人様のモノにしてぇっ……！」

「後悔するなよっ！」

緒花の腰を掴んで逃げられないようにし、膣奥クッションを目がけてがつがつと怒張を打ち込んでいく。

「んはあぁっ！　これっ、これぇっ！　うぁっ！　これがいいのぉっ！　んひぃぃっ！　ひぃぃっ！　ひあっ、あぁあんっ！　こんなのっ、すぐイッちゃうかもぉっ！」

その言葉を裏づけるように、緒花の全身が痙攣を始める。しかし。

「おいっ、まだ早いぞっ！」

こっちはコックリングのお陰でまだ余裕があった。

「まだ我慢しろよっ！　中出しでイキたいだろっ⁉」

「う、うんっ、なからひぃっ！　なからひがいいのぉっ！　あぁんっ、きゃぁあぁんっ！　ああっ、れもっ、れもぉぉっ！　もっ……もうイっちゃ……はひっ」

「おい！　まだイクなよ……もう少しだから！」

ドスドスと怒張を突き入れながら、少しでも射精を早めようと尻にググッと力を入れる。せっかくなら、同時に達したい。そう思っているのに、コックリングで堰き止められているかのように射精感は後少しのところで近づいてこない。

「あぁああっ！　もうっ、もうらめぇっ！　わらひぃっ！　もう、イッちゃうぅぅっ！　あぁあんっ、きゃぁあぁあんっ！」

「まだだっ！　ご主人様が出すまでイクのは禁止だぞ！」
その間にも緒花はどんどん高まってくる。いつもならイカせた後に俺が好き勝手に突くが、今日は快楽調教だ。そう簡単に好き勝手に快楽を味わわせるわけにはいかない。
「しょんなぁっ！　しょんなのっ、ムリぃっ！　ひぁあんっ、きゃあぁんっ！　こんなにきもちいーのっ、ガマンれきないよぉぉっ！」
「我慢しろ！　ご主人様の命令だぞ……んぐうぅぅっ！」
少しでも早く射精すべく、肉棒に意識を集中する。それだけでなく、緒花の体調を気遣うことなく荒々しく突き入れ、肉壺をかき回す。抽送というよりも蹂躙だ。
「ふあぁああっ！　きゃぁあんっ、あぁあぁんっ！　ごしゅじんっ、さまぁっ！　もうらめぇっ！　ほんとにっ、らめれしゅぅうっ！」
乱暴な責めに緒花が悲鳴を上げるが、滞っていた射精感がじわじわとせり上がってきた。
俺もイケそうだ。
「よし、いいぞっ！　俺も出してやるからな！　イケっ！　ご主人様の命令だ！」
同時に、緒花の全身がぶるっ、ぶるっ、と痙攣し始める。そして。
「あぁあんっ、あああぁっ！　いぐぅっ、いぐっ……うっ、うぅっ……ふぁああ……………はぁあああああぁぁっ！」
緒花のイキ声と同時に膣穴がぶるぶると痙攣し、俺の肉棒を締めつける。その刺激に煽られ、俺の牡欲が一気に先端に殺到し。

「ぐぅっ……ぅぅはぁぁぁぁぁぁああっ!!」
ビュクルルルルッ！　ドクドクドクッ！　ビュククゥッ！
これまで経験したことのない勢いで、子種を解き放たれていく。多量の牡液は緒花の小さい膣内に収まるわけもなく、結合部の隙間から凄い勢いで溢れ出してくる。
「あはぁぁあああっ!?　しゅごっ、しゅごいのきてりゅぅぅっ！　ふあぁっ、あぁぁあっ!?　奥でっ、バクハツしてるぅぅっ！　ひあああっ、あぁぁあああっ！」
かなり絶頂は長いようで、緒花は俺が射精するたびにピークが来ているのか、盛大に身体を震わせている。
確かに、まるで亀頭が破裂したかと思えるような射精だ。急速に引き寄せた絶頂にも関わらず、自分でも信じられないほどの勢いに、こっちも腰がかくついてしまう。緒花の膣奥に埋ま

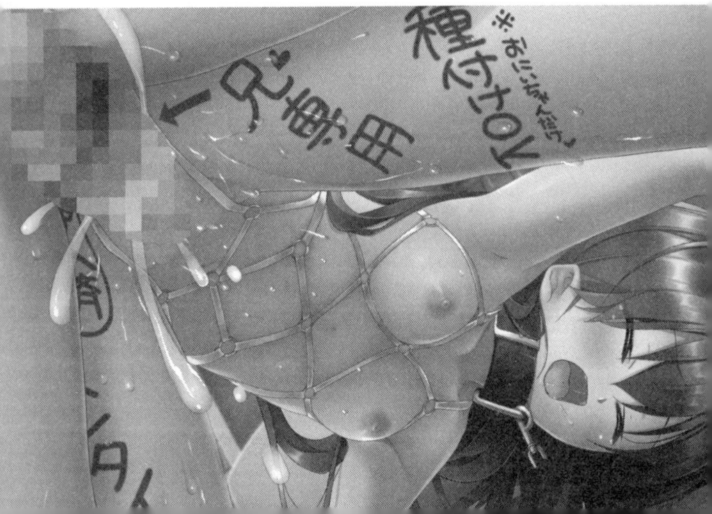

ったまま、俺はしばらく断続的な射精を続けていった。
やがて絶頂の波はゆったりと引いていき――。
俺は緒花の中で柔らかくなったペニスをずるっと引きずり出す。ぽっかりと開いた膣穴からはどろりと白濁が垂れ落ちた。
「あはっ……はぁーっ、はぁーっ……こんなの、しゅごしゅぎぃ……♪　マジでこわれるかと思ったぁ……♪」
「はぁ、はぁ……ああ、俺もだ……」
絶頂の余韻でぼんやりしながら緒花の姿を眺める。
クロステディと犬耳、尻尾を身につけた緒花が、四つん這いで膣穴から精液を垂らしている。身体中俺の落書きだらけで、その表情は絶頂の余韻でとろけ、エロゲでしか見たことのない姿が俺の目の前にあるのだ。その余韻に浸っていた時。
『マジでこっちから聞こえたのかー？』
『マジだって！　俺の予想だと、あの声は犯罪レベルの歳だぞっ』
『んなワケねぇーだろ……』
やや遠くから、男達の声が聞こえてくる。しかも、確実にこちらへと近づいてきているようだ。こんなところを見つかったら――。
「緒花、逃げるぞっ！」
「あぅ……？　ご主人様……ぁ？」

状況を掴めず絶頂の余韻を味わっている緒花にコートを着せる。そしてまだ足腰がガクガクしている緒花を抱えて、大急ぎで公衆トイレから逃げ出した。

「お待たせー♪　はい、コレ返すねー」
「お、おう……予想以上にドロドロだな」
緒花から衣装や耳などを受け取った俺はそれを鞄にしまう。
公園の近くにある路地に逃げ込んだ俺達はようやくひと息つき、緒花にも着替えをさせることができた。後はここからどうするかだが。
考えすぎかもしれないが、さっきの男達が公園付近を探し回っている可能性もある。
「ひとまずこのまま逆側へ抜けるぞ」
「はーいっ♪」
普段の服装に戻ったからか、もう主従のノリも忘れたらしい。いつもの無邪気な緒花を連れて、まっすぐに路地裏を抜けていく。
——。
「おおーっ、ここにつながってたんだーっ」
「そうみたいだな」
路地裏を抜けてすぐそこが見知った街並で、ホッとする。と同時に家から出ないと地元の土地勘すらなくなってしまうことに愕然としてもいた。

しかし、ようやく落ち着いたところで本来の目的だ。
人通りの絶えない大晦日の商店街で俺は緒花を引き止める。
「……おい緒花。さっきのトイレでのこと、どう思った？」
「チョードキドキしたよねー♪」
「そ、それでその……俺を、ご主人様というのは……」
「よくわかんないけど、そーゆートックンでしょっ？」
「………」
最初からそんな気はしてたが、ダメだったか。本当に主従関係というものを理解していて、それを拒絶するというならさっきの写真を突きつけるという方法もあったが、そもそも自分が何を約束したかも理解していないのだ。
これで、俺にはもう万策尽きた。
膝から力が抜けて、道の真ん中にどさっと崩折れてしまう。自分でもこんな冗談のような反応をするとは思わなかった。
「うっ……うぐぐぐぐっ……うぅぅぅっ……」
抑えようとしても勝手に喉から嗚咽が漏れてくる。
「お、おにーちゃんっ？　どしたのいきなりっ、なにか拾い食いしたの？」
「う、ぐうぉおお……うううううっ……！」
「えっと、トドのマネっ？」

「お、緒花ぁぁ……！」

「って、えっ？　はっ？　えええっ⁉　泣いてるしっ……ってゆーか泣き顔キモっ」

「ぐおおおっ……うぐうぅうおおおっ……！」

緒花に結構ひどいことを言われている気がするが、自分が情けなさすぎて、もう涙が止まらない。ずっと抱え込んできた感情が、熱い雫と一緒に溢れ出してきた。緒花の細い腰に腕を巻きつけてしがみつく。

「緒花ぁっ……！　どこにも行かないでくれよぉぉっ……！　他の男のところなんか行くなぁぁぁ……！」

「えっ、なにっ？　ちょっ、マジで意味わかんないっ！　はなっ……放してっ？」

「これからもずっと俺のそばにいてくれよぉぉぉっ……！　緒花ぁぁっ……！」

足を止めた人々がざわつき始め、視線が集まる。しかし俺は、緒花に縋るのをやめない。もうどうしたらいいか本当にわからなかった。あんなに策を弄したつもりでも、いざとなるとこうするしかなかった。どれだけみっともなかろうともうこれしかなかった。が。

「えーっと、まぁ……べつにいーよ？」

「緒花ぁぁっ……うぅぅぅぅ……え？」

あっさりと受け入れられて、ぽかんとしてしまった。

いや、最近は忘れてたけどコイツはバカなんだ。俺の言いたいことなんて、何も理解していないかもしれない。これも何かの特訓だと思っているのか？

「あ、でもその代わり条件がありますっ」
「……条件？」
「うん、ってゆーかマジでハズいから立ってて。それで、黙ってついてきてっ」
緒花の剣幕に俺は何も言えず手を引かれるまま繁華街を奥の方へと進んでいく。

そして辿り着いた先は――。
「うわぁーっ、ラブホってこんなふうになってるんだー♪　見ておにーちゃん、ベッドとかチョー広いっ♪」
「いや、その……」
気がつくと妹とラブホテルの一室にいた。部屋の真ん中で呆然と立ち尽くす俺を尻目に、緒花はベッドの上でぽんぽん跳ねている。何が何だかわからなかった。
「じゃ、シャワー浴びてくるねー♪」
「お、おい、ちょっと待て――」
俺の呼びかけを無視して、緒花は浴室へ向かってしまう。すぐに、シャワーの音が聞こえてきた。
「……何なんだ？」
いつもの緒花なら、ここまで強引にことを進めようとはしない。まだヤリ足りない、という感じでもなかった。

　何だか落ち着かない。シャワーの音を聞いているると妙にソワソワして、まるで初めて風俗に行った時のような気恥ずかしさを思い出してしまう。やがて。
「ふぃー、サッパリしたぁー♪　はい、おにーちゃんもシャワー浴びてきてっ」
「おい、その前に話を――」
「いーから行ってきてっ！　はやくっ！　はーやーくっ！」
「お、おう」
　いつになく強引な緒花にグイグイと押されるがまま、風呂場へ向かう。
　そして――。
「……おい、上がったぞ。じゃあ落ち着いて話を……」
「はーい、じゃあこっちこっちこっちっ」
「だからまずは話を――うおっ？」
　俺の手を引いて緒花が思いっきりベッドへと飛び込む。その勢いに俺もつんのめり――。
　気がつけばベッドに横たわる緒花の上に覆いかぶさり、今までにないくらいの近い距離で見つめ合っていた。
「えへへっ……なんか、照れくさいかも……」
「えーと……」
　状況を理解できず言葉が出てこない。そんな俺に、緒花ははにかむような、それでいて優しい笑みを俺に向けている。今まで見せたこともないその表情に、胸が高鳴ってしまう。

言葉が勝手に口をついて出ていた。エロゲなら今が絶好のタイミングだ。
「お、緒花……俺にこんなことを言われても、気持ち悪いかもしれんが……」
「わたしのコト好きなんでしょ……？」
「…………っ？」
言い終わる前に先に緒花に言われ、思わずひゅっと息を吸い込んでしまった。
そんな俺を見て、緒花はクスクスとおかしそうに笑う。
「あんなにされたら、フツーわかるしー♪　わたしのコト、ばかにしすぎだよー……？」
「あっ、いやっ、そのっ」
「最近なんかエッチしつこかったしー、必死だったしー、もしかしたらって思ったんだけどー……いつ言ってくるのかなーって……♪」
「なっ……っ？」
一瞬、聞き間違いかと思った。
「もちろんおにーちゃんは顔はキモいしデブだけど……わたしはおにーちゃんをキライだなんて思ったコトないもん……うーん、昔から好きだったかもー……？」
「なっ、なっ……」
一体何を言われているのか、何が起こっているのか、完全にパニックになっていた。言われている言葉は理解できるのに、頭がうまく内容を理解しようとしない――それだけ自分にはあり得ない状況だった。俺の好意を見透かされていたことはもちろん、俺はこれまでの人生で女に嫌われなかったことなんて一度もないんだ。緒花だって、俺のことをキモいとよく言っていたのに。俺とセックスをするのだってただ特訓という理由があったからのはずで。

「兄妹だし家族だから、ちゃんとした恋人とかにはなれないかもだケドー……でも、ずーっといっしょにいてエッチするだけなら、わるいコトじゃないでしょ……？」

緒花の相変わらず頭の緩い言葉のひとつひとつがじんわりと心に染み込んでくる。むしろ飾りのない言葉だからこそ、俺のひねくれた心にも受け入れられるのかもしれない。

「だからね、これからは……おにーちゃんだけの女の子に、なってあげる……♪」

「その……小悪魔っていうのは……いいのか？」

「それとこれとは別っ！　今はそういうこと考えなくてい一のっ！」

（こ、これが……これが……）

俺のようなやつが言っても気持ち悪いだけだが、緒花の言葉が嬉しすぎて胸の奥がきゅんきゅんと切なく締めつけられる。これが、恋というものなのだろうか。感動のあまり涙まで滲んできた。

「お、お、おおおおおおおお……緒花ぁっ……！」

思わず緒花を抱きしめようとした時、緒花がそれをそっと押し返す。

「こらーっ、おにーちゃんはそうやって強引だからだめなんだよ？　わたしだって女の子だから、その……フツーのエッチもね、してみたいなーって思ってるんだから」

　少し怒ったような、それでいてからかうような緒花の表情にまた胸が締めつけられる。妹が初めて普通の女の子に見えたような。
「……そうだよな、俺達、普通のエッチ……してないよな」
　途端に緒花に申し訳ない気持ちになる。確かにこれまであまり普通のプレイはしてこなかった。自由にやっていたから、何かしら俺の趣味を加えていたはずだ。でも、緒花だって普通の女の子なんだから、普通のエッチくらいはしてやってもよかったはずなんだ。
「だから、フツーのエッチ、しよ……？　そしたら、これからもずーっといっしょにいてあげる……♪」
「ああ、するぞっ……！　普通のエッチ、しようっ……！」
　今まで教えてやってなかった――最初にするべきだった――普通のエッチをするため、緒花の脚をそっと開き、正常位で向き合う。
「じゃ、入れるぞ」
「うん……♪」
　こうして向き合っているだけで気恥ずかしいが、すっかり勃起しているペニスの先端を緒花のワレメに当てる。緒花の肉裂は既に熱く潤んでいた。まだ会話しかしていないのに、俺と交わるために濡らしてくれているかと思うと胸が熱くなる。
「いくぞ、緒花っ……！」
　熱い想いを込めて、腰にググッと力を込めた。先端が緒花の肉穴にぬぷっ、と入り込む。

「んっ、はぁぁぁぁっ……入って、きたぁっ……！」

「くぅっ……ああ、入ってるぞぉっ……！」

すっかり準備ができている膣内は、すんなりと俺のモノを受け入れてくれる。

焦らず、ゆっくり、緒花の身体を気遣うようにじっくりと肉棒を進めていく。そして。

「はぁ、はぁ……ぜんぶ、入っちゃった……♪」

「あ、ああ……全部入ったな……」
根元までしっかりと埋もれたところで、再び見つめ合う。
「えへへ……やっぱり、なんか照れくさいかも……♪」
「あ、ああ……俺もだ……」
「うん……♪　それじゃ、照れてる同士で……いっしょに、きもちよくなろ……？」
「っ……ああ、そうだな」
緒花の言葉に、胸がトクンと高鳴る。動いて欲しい、というおねだりなのだろう。
今までの直接的なおねだりと違うがこういうのもいいものだ。俺はゆっくりと腰を動かし始める。
「んっ……はぁっ、あっ……おにーちゃんが、動いてるっ……あっ、んんっ……」
抽送を始めた途端、緒花が喘ぎ始める。今までの獣じみた反応とは違う、ゆったりと快楽を楽しむような。緒花にもこんな反応ができるのかと初めて知り、くすぐったくなるような心地よさを味わう。
「気持ちいいか？　緒花……」
「んっ、うんっ……ダイジョーブ、だよ……んっ、あっ……おにーちゃん、優しくしてくれてるから……はぁっ……きもち、いー……ふぁっ」
「そ、そうか……よかった……」
その言葉だけで胸が温かくなる。激しくセックスをする時の『気持ちいい』とは別の響きに俺もじっくりと高まっていく。
「おにーちゃんは、きもちいー……？　んっ、はぁっ……わたしと、フツーのエッチして……感じてくれてるっ……？」
「あ、あぁっ……気持ちいい……最高に、感じてるぞっ……」
嘘でも何でもなく、本当に気持ちいい。大したことは何もしていない、普通に動いているだけなのにゾクゾクとした快感が背中を走っていく。心が近づいたからだろうか。これまで経験したことのない一体感にじわじわと高まってくる。
「んんっ……おにーちゃんの、中でピクピク動いてるっ……はぁっ、んぅっ……もっと、動いてもいーよぉ……？」
「い、いや……だって、普通のエッチだろ……？」
「でも……んっ、はぁっ……フツーのエッチでもガマンなんてして欲しくないもん……」
「そ、そういうもんなのか……？」
風俗か特訓かでしかエッチをしたことのない俺には普通というものが実はよくわからない。まだ挿れたばかりなのに、いきなり激しくするのは普通なことなんだろうか。
「それに……わたしもちょっとだけ……んっ、はぁっ……強いの、ほしーかもだから……」
「お、緒花……！」
恥ずかしそうに告げてくる緒花を見ていると、ドキドキと鼓動が速まる。これまでも、似たようなことは何度も口にして、そして聞いてきたはずなのに。その時とは比べものにならないくらい嬉しい。普通って、なんて素晴らしいんだ。
「じゃあ、いくぞっ！」
「うん、きてっ……♪」
緒花の腰を掴み抽送のペースを速める。強すぎず、しかし我慢することもなく。ほどよいリズムで、パンパンと音を立てて腰をぶつけていく。
「はっ……はっ……緒花、気持ちいいかっ……？」
「うんっ、きもちいーっ、よぉっ……！　あんっ、あぁっ……！　おにーちゃんとのエッチっ、きもちいぃよっ……！」
ちょうどいいという言葉は嘘ではないようで、膣内はみるみるうちに愛液で溢れてきた。それに合わせて少しずつ抽送を深く、速くしていく。
「これからも、いっぱい気持ちよくしてやるからなっ……！」
「うんっ、してぇっ……！　あんっ、あぁんっ……！　これからもずっとっ、わたしのコトきもちよくしてぇっ……！　きゃんっ、ひぁぁんっ……！」
お互いにこれからのことを語りながら、腰を振り続ける。自分が求めている未来と、好きな女が求めている未来。その二つがピタリと重なるだけで、どうしてこんなにも幸福なのだろうか。心まで繋がったような喜びに引っ張られ、情けない話だが、射精感が近づいてきてしまう。
「くうぅぅっ……！　俺、もう出そうだっ……！　緒花はっ、まだ平気かっ……!?」

「わたしもっ、イキそうっ……！　あんっ、あっ、あぁっ……！　おにーちゃんといっしょにっ、イキそうっ……！」
その言葉にまた胸が熱くしめつけられる。相手と一緒に高まり、一緒に達する、それだけのことが何て貴重な体験なのだろう。
「じゃあ、一緒にイこうなっ……！」
「うんっ、いっしょにっ……あんっ、きゃぁんっ……！　二人で、いっしょにぃっ……！　あっ、あっ、あぁぁんっ……！」
「すまん、緒花っ……俺、もう我慢できなくて……っ」
可愛いことを言ってくれる緒花に、もう我慢ができなくなってしまった。腰を振りやすいように身体を起こして、射精に向けて激しい出し入れを始める。
「んっ……うんっ、いいよっ、いいよぉ！　このままっ、最後までぇっ！　あんっ、あんっ、ひゃぁあんっ！」
激しい抽送にも応えてくれる緒花。膣内がぴったりと吸いつき、密着度を増してくる。その快感に、最後の瞬間がみるみるうちに近づいてくる。
「はぁっ、はぁっ！　くぅ……っ、緒花っ、出すぞぉっ！」
「きてっ、中出しきてぇっ！　あぁあんっ、きゃんっ、ひぁぁんっ！　わたしもっ、イクからぁっ！　いっしょにおにーちゃんも出してぇぇっ！」
ぎりぎりまで射精を堪え、緒花の絶頂のタイミングを窺う。そして――。

「きゃぁんっ、ひゃぁぁあんっ、あぁぁああんっ！　イクっ、イクっ、イクぅぅううううううう
うううっ……あああああああぁぁぁぁぁぁぁぁぁっ……！」
緒花が感極まった声を上げるのと同時に俺も牡欲を解き放つ。
「ああ、いくぞぉっ！　くうううっ！」
ビュクッ、ドクドクドクッ、ドププッ……！
腰を押しつけ、すっかり下がってきた子宮口に亀頭を押し当てて、そこに子種を流し込
んでいく。
「あっ、あぁぁあっ……！　おにーちゃんのセーエキっ、出てるぅっ……！　あっ、あぁ
あっ……！　ビューッて当たって、染み込んできてるぅっ……！」
「ああ、出てるぞぉっ……！　緒花に出してるんだっ……！」
二人一緒の、絶頂。もう何度も繰り返してきたことなのに、これまでで一番嬉しい。
「あ、あぁぁっ……！　おにーちゃんっ、好きっ……！　大好きぃっ……！　あっ、あっ、
あぁぁぁっ……！」
深い場所でつながったまま、二人で声をかけ合い絶頂を確かめ合う。射精の快感だけで
なく、ともに絶頂するという達成感はいつまでも続くように思われた。
やがて――。
「はぁー、はぁー……♪　えへへ……フツーのエッチ、しちゃったね……♪」
「あ、ああ……普通のエッチ、しちゃったな……これからは時々普通のエッチもしような」

二人でベッドに横たわったまま言葉を交わす。これがいわゆるピロートークというやつなのだろうか。妙に気恥ずかしいが、凄く満たされたような気分だ。
「これで……おにーちゃんと、ずっといっしょだねー……♪」
「や、やっぱり嫌とか言うなよ？」
「そんな、今さら言うわけないじゃーん……もー、失礼なんだケドー……？」
「そ、そうだよな……」
確かにこのタイミングで聞くことじゃなかった。こういう卑屈なところも直していかなきゃな。これまでは俺一人の責任だからと自由にできたけど、これから先はそういうわけにもいかない。
だって、これからの俺はもうひとりじゃないんだから。情けない俺は、卒業しないと。
「お、緒花……」
「うん……なーに、おにーちゃん……♪」
「お、俺に……俺に、一生ついてこいっ……！」
勇気を出して、男らしい言葉を口にしてみる。そんな精一杯の努力を、緒花は――。
「うんっ……♪」
これ以上ないほどの優しい笑みで、受け入れてくれた。そんな緒花を、俺は再び抱きしめるのだった。

エピローグ

それから数ヶ月——。

本当に、いろいろなことがあった。緒花と結ばれたあの日からすぐ、三が日が終わるのを待たず俺はついに就活を始めた。比喩ではなく本当に泣いて喜ぶ親父の力を借りたりもして、何社かのお祈りを経て就職——。

ブラックではなかったので、家を出て一人暮らしまで始めることにした。

それらは全て緒花のためと言っていい。とはいえ何か指摘をされたのではなく、純粋に俺自身がアイツにとって誇れる男でありたいと思ったのだ。

一人暮らしとは言っても実家から徒歩20分のボロアパートだが、何はともあれ、俺にとっての日常は一変したのだった。

そして、俺をここまで変えてくれた緒花はと言うと。

「はぁ、はぁ……おにーちゃん、まだいけるよねぇー……？」

「う、うう……もう勘弁してくれ……頼む」

「まだまだー……空っぽになるまで、ぜーんぶ搾りとっちゃうんだからー……んっ、はぁんっ……♪」

俺にまたがった緒花は腰をくねらせ、ドロドロになった膣内で肉棒を愛撫してくる。もう何回も交わっているというのに、満足した様子はない。
あの日以来、普通のエッチもいいと思うようになった俺だったが、緒花は少し違ったらしい。やはり普通のエッチだけでは物足りなかったようで、あれからも少し変わったプレイを求めてくるようになった。
そして今回は、サキュバスになりきって『枯れるまで搾り取る！』宣言をしてきたというわけだが、本物の小悪魔を相手にしている気分だ。とにかく性欲が尋常でなく、比喩でなく搾り取ってくるのだ。
「ほらぁ、またギンギンにボッキしてきたじゃーん……んっ、はぁんっ……これで、もっかいできちゃうねー……？」
「お、緒花……明日も仕事だから、本当にそろそろ……」
「だぁーめ……浮気しないよーに、しーっかり搾り取ってやるんだからっ……♪」
「う、浮気なんてできるわけないだろ……」
相変わらず俺は会社の女連中には敬遠されている。そう簡単にキモさが抜けるわけないだろう。俺に好意を寄せてくれているのなんて、緒花くらいなんだが。
「そんなコト関係ないのー……それじゃ、もっと激しくいくよぉー……？」
「ちょっ、待っ――」
言い終わる前に緒花が俺の上で腰を振り始める。

「あぁんっ……！　あっ、あんっ、あぁんっ、きゃぁんっ、あはぁんっ…！」
ぐちゅっ、ぐちゅっ、と精液の泡立つイヤらしい音を立てながら緒花は嬉しそうに肉棒を責め立ててくる。
「緒花、さすがに激しっ……あぁっ！」
「だってぇっ、好きなんだもぉんっ、あんっ、あぁんっ……！　おにーちゃんとエッチするの好きだからっ、いっぱいしたくなっちゃうのぉっ……！」
「お、緒花……くぅっ！」
夢中になって腰を振り、俺という男を求めてくる緒花。そんなことを言われたら男は頑張るに決まっている。むしろ、やる気がギンギンにみなぎってきてしまう。それにしたがって下半身に再び力が戻ってきて、緒花の膣穴を内側から押し広げた。
「あはぁぁっ……！　おにーちゃんのっ、もっとおっきくなってきたぁっ……！　あんっ、あぁんっ……！　きもちぃーとこっ、チョー擦れてるぅっ……！」
「くぅっ、こうなったらしょうがない……緒花っ、こっちも動くぞっ！」
嬉しそうに弾む緒花の身体を、全力で突き上げていくと、緒花も、俺と息をぴったり合わせて弾む動きを調整してくる。突き上げる動きに合わせて腰を下ろし、より深く剛直をめり込ませる。
「あぁんっ！　いいっ、これいいぃっ！　奥にズンズン当たってっ、アタマにっ、響いてきてるぅっ！　もっとっ、もっとしてぇっ！　きもちぃーことっ、いーっぱいしてぇっ！」

　二人分の動きが噛み合い、抽送の勢いが2倍になる。
　二人の肉がぶつかりたぱたぱと音を立て、精液と愛液がビチャビチャと飛び散り、周囲を汚しているほどだ。そんな勢いで動き続けていてはそう長続きするわけもなく、熱いものが早くも腰の奥にじわじわと溜まってきた。
「お、緒花っ！　また出すぞっ！」
「いーよぉっ、またいっぱい出してぇっ！　わたしっ……わたしもイクからぁ！」
　緒花の膣内がぎゅるぎゅるとうねり、俺の射精欲求を煽る。もう何度もこれで搾り取られてきているというのに、あっという間に限界が訪れる。
「ああっ、もうだめだっ！　出るぅっ！」
「きてっ、出してっ……出してっ……！　わたしもっ、ちゃんといっしょにイクからぁっ！　あっ、あっ、あっ……」
　そしてとうとう限界が訪れる。腰の奥から熱いものが這い上がり。
「くっうぅぅぅぅっ……！」
　ビュクッ、ドクドクドクッ、ビュルルルゥッ！
　緒花の膣奥に向けて、通算何回目かの中出しを放った。尿道管を熱いものが駆け抜け、抽送によって古い精液がかき出された膣内に、新しい子種がビューッと飛び出していく。
「あっ、あっ……あはぁぁぁっ……！　私もっ……イっちゃ……あああああああっ！　きてるっ、おにーちゃんザーメンまた出てるっ……！　これ好きっ、好きぃっ……！」

緒花もすでに慣れたもので、イキながらも俺が出しやすいようにと意図的にきゅっ、きゅっ、と膣洞を締めつけてくる。その動きに煽られ、ヘトヘトなくらい連続で出していたのに、またしてもたっぷりと緒花の中に射精してしまった。

「はぁ、はぁっ……んふふー、お腹のなかドロドロぉ……♪」

しかし。
親父は相変わらず緒花に甘々だから、あまり帰りが遅いと必要以上に心配するはずだ。
「うっ、ううっ……そうだ緒花、そろそろ帰らないとまずいんじゃないかっ……？」
「えー、どーしよっかなぁー……♪　わたし、まだ満足してないしなぁー……♪」
「あ、ああ……流石に、もう……勘弁してくれ……」
「ダイジョーブ、おにーちゃんのところに泊まってくるねーって伝えてあるから……♪」
「マ、マジかっ……」
「だからぁー……朝まで、いっぱいしよーねっ……♪」
「い、いや、それは……ううっ！　やめっ――」
緒花がゆっくりと腰をくねらせる。複雑な構造をしている膣マッサージで、柔らかくなっていた俺のものは早くもぐいぐいと硬く反り返り始めた。
「ほらぁ……おっきくなってきたよ……まだまだできそうだねっ……？」
「勘弁してくれっ……頼むっ……今度の土日に相手してやるからっ！」
「んふふ、だーめ、次のお休みまで待ってられないもん♪」
言いながら俺の上で緒花が腰を振り始める。
「うぅ……早く寝かせてくれ……もう許してくれ……」
俺はもう既に体力を使い果たしていて、突き上げる体力すら残ってない。
明日の出社時間に無事にタイムカードを切れることを祈りながら、ただ緒花に身を任せるしかなかった。

（あぁ……どうしてこんなことに……）

緒花から相談を受けたあの日、まさかこんな結末を迎えるとは考えてもいなかった。仕事にセックスにと毎日がとにかく大変だが——。

まぁ、こういうのも一応グッドエンディングというやつなんだろう。

あとがき　橘トラ

こんにちは。または初めまして。橘トラです。
おバカな妹を言いくるめて調教しちゃうアドベンチャー、お楽しみいただけましたでしょうか。今作の妹『緒花』ちゃんは少しおバカで、いつもお兄ちゃんに騙されては騒いでいる無邪気な子。だから、ティーンズ雑誌に載っていた憧れの女の子の記事を鵜呑みにしてお兄ちゃんに『小悪魔になりたい』と相談してしまいます。対するお兄ちゃんは妹をオカズにするような生粋のド変態。これはもう調教してしまうしかないでしょう。そんな素晴らしい掴みからお話が始まります。
それにしても、まだまだ新しい妹作品って出てくるものですね。成人、一般、また媒体を問わず毎年たくさんの妹ものが世に出てきますが、それでも『まだこんな妹ものがあったのか』と驚かされます。このゲームもそんな妹ものの中の一つです。
今作は1冊に収めるため、いろいろなプレイの中から一部を選んでお話にしましたが、ゲーム本編には緒花ちゃんとのプレイが他にもたくさんあります。是非プレイしていただければと思います。
最後に、この機会をくださったアンモライト様、パラダイム出版様にお礼を申し上げます。そして読んでくださった皆様、楽しんでいただければ幸いです。
それではまたどこかでお会いしましょう。

ぷちぱら文庫

JuiCy妹（いもうと）☆変態（へんたい）パコりっくす
～目指（めざ）せ！ モテカワHなオンナノコ♪～

2017年4月28日　初版第1刷 発行

■著　　者　　橘トラ
■イラスト　　一河のあ
■原　　作　　アンモライト

発行人：久保田裕
発行元：株式会社パラダイム
〒166-0011
東京都杉並区梅里2-40-19
ワールドビル202
TEL 03-5306-6921

印 刷 所：中央精版印刷株式会社

PP253